KB103065

소년이, 춤춘다

봄마중 청소년숲

소년이, 춤춘다

임화선 지음

봄마중

차례

달빛서당

“둥둥둥둥.”

마을 어귀에서 북소리가 울려 퍼졌다.

“이게 무슨 소리야?”

구슬치기를 하던 아이들 눈이 휘둥그레졌다.

“아, 오늘 풍물패가 온다고 했어. 우리도 구경 가자!”

강무는 구슬치기로 딴 구슬을 얼른 바지 주머니에 넣었다. 나무를 동그랗게 깎아 만든 나무 구슬은 투박했지만 만지면 기분이 좋았다.

“강무야, 빨리 와! 자리 맡아야지!”

앞서가던 땅꼬마 덕수가 소리쳤다. 강무와 같은 열세 살이지만 키가 작은 덕수는 땅꼬마라는 별명을 가지고 있었다. 하지만 별명과는 다르게 언제나 날쌔고 힘이 넘쳤다.

"둥, 두둥!"

"삘리리리, 삐리리!"

어느새 북소리와 태평소 소리가 마을을 뒤덮었다.

마을 공터에 다다르자 낡은 휘장이 바람에 나부끼고 있었다. 땅바닥에 헌 멍석을 깔고 앉은 구경꾼들 얼굴이 벌써부터 발갛게 달아올랐다. 강무와 친구들은 맨 끝자리에 자리를 잡고 섰다.

풍물패의 우두머리 상쇠가 "꽹꽹!" 꽹과리를 치며 흥을 돋우었다.

"얼쑤, 신명나게 한 번 놀아 볼까!"

"아, 좋지! 얼쑤! 좋다!"

상모꾼이 공중 옆돌기를 하자 상모에 달린 긴 끈이 빙글빙글 소용돌이를 그렸다.

"덩더꿍, 덩더러러!"

장구 소리와 함께 작은 북소리가 뒤이어졌다. 그렇게 한차례 흥겨운 풍물패의 연주가 끝나자 요란한 칼을 휘두르며 두 사람이 무대 위로 올라왔다.

"헉!"

깜짝 놀란 구경꾼들의 고개가 뒤로 젖혀졌다. 노란 저고리에 파란 조끼를 입은 춤꾼들은 쌍칼을 휘두르며 서로 노려보다가 빙글빙글 돌았다. 그러고는 다시 서로를 향해 칼끝을 맞대며 너울너울 춤을 추었다. 검무가 끝나자 상쇠가 다시 소리쳤다.

"이번에는 삼층탑 쌓기!"

징재비가 징을 치자 장막 뒤에서 두 사람이 뛰어나왔다. 몸집이 큰 남자가 무대 한가운데 우뚝 서자 키 작은 남자가 그 어깨 위에 올라섰다. 그런데 그게 끝이 아니었다. 마지막으로 어린 남자 아이가 팔딱팔딱 재주를 넘더니 키 작은 남자 어깨 위로 훌쩍 올라섰다. 인간 삼층탑이 쌓아지자 구경꾼들의 입이 크게 벌어졌다.

"헉, 무섭지도 않은가 봐!"

"어린 아이가 배짱이 두둑하네."

구경꾼들이 한마디씩 하며 고개를 절레절레 저었다.

"우와, 멋지다!"

강무 입이 살구만 하게 벌어졌을 때 누군가 다가와 한쪽 귀를 쭈욱 잡아당겼다.

"아얏!"

"또 춤 구경이냐?"

소리나는 쪽을 보니 정 선비가 눈을 부릅뜬 채 내려다 보고 있었다.

"저, 그, 그러니까 그게……."

더 이상 춤 공연을 볼 수 없다는 생각에 강무는 입을 앙다물었다.

주막집 마당에 들어서자마자 정 선비의 호통 소리가 이어졌다.

"어쩌자고 약속을 어긴 것이냐?"

"구경 끝나고 바로 오려고 했어요……."

강무는 애꿎은 뒤통수를 긁적였다. 공부 시간을 지키겠다고 찰떡같이 약속해 놓고 또 풍물패 구경을 갔으니 할 말이 없었다.

정 선비가 못마땅하다는 듯 뒷짐을 지었다.

"이렇게 게으름 피우면 글자가 외워지겠느냐? 어서 책을 펼치거라."

정 선비는 귀양살이를 하는 처지였다.

한 달 전, 해풍마을 해안가에 작은 나룻배 한 척이 들어왔다. 배에서 내린 이방과 정 선비는 많이 지쳐 있었다. 특히 정 선비는 뱃멀미 때문인지 기진맥진한 상태였다. 구경나온 사람들 중 누군가 귓속말로 속닥거렸다.

"천주학쟁이 누명을 쓴 거래……."

조정에서는 천주학을 금지시켰다. 양반이건 상민이건 천주학을 믿거나 천주학 책을 읽기만 해도 관아에 끌려가기 일쑤였다. 그렇기 때문에 누명을 썼다고 해도 귀양 온 선비에게 가까이 다가가는 것은 꺼림칙한 일이었다. 마을 사람들이 슬금슬금 뒷걸음질 쳤다.

"이제 나리 혼자 지내야 합니다."

딱딱거리던 이방을 태우고 뱃사공은 다시 노를 저어 떠났다.

장작처럼 비쩍 마른 정 선비의 배에서 "꼬르륵" 소리가 들렸다. 차마 모른 척 할 수 없었던 굴촌댁은 정 선비를 데려와 밥상을 차려 주었다. 그날 그렇게 밥 한 끼 먹은 인연으로 정 선비는 내처 주막에서 방 한 칸을 얻어 지내고 있었다.

다음 날, 아침 산책을 다녀온 정 선비 앞에 멀건 된장국과 보리밥, 짠무 김치를 올린 밥상이 차려졌다. 정 선비가 숟가락을 들자 굴촌댁이 구운 고등어 한 마리를 내왔다.

"오늘은 어쩐 일로 고기 반찬이오?"

정 선비가 농을 건네자 굴촌댁이 투박한 손으로 행주치마를 만지작거렸다.

"맨날 짠무 김치만 올려서 마음이 편치 않았는데 어제 인심 좋은 나그네가 한 마리 내어주고 갔어요."

"고맙소. 잘 먹겠소."

정 선비가 기분좋게 젓가락을 움직였다.

식사가 거의 끝날 때쯤, 땅딸막하지만 다부진 체구를 가진 사내가 주막에 들어섰다.

"나리, 안녕하십니까?"

역관 출신인 최부는 객주를 차려놓고 오가는 상인들의 말을 통역해 주고, 대신 물건도 팔아주면서 큰 돈을 벌었다. 그래서인지 중인 신분이었지만 가난한 양반보다 더 큰 힘을 가진 듯 의기양양한 모습이었다.

"너도 어서 인사 드리거라."

최부가 고갯짓을 하자 옆에서 쭈볏거리고 있던 아들이 머리를 수그리며 말했다.

"최길남이라고 하옵니다."

길남이는 부리부리한 눈망울에 제법 통통한 몸집이었다. 정 선비는 길남이에게 미소를 지어보이고는 이내 최부를 향해 물었다.

"그래, 어쩐 일이시오?"

"나리께 제 자식의 글공부를 청하고 싶습니다."

최부는 세상 물정에 통달한 사람이었다. 객주에서 상인들에게 새로운 소식을 듣다 보니 배움이 곧 재산이 될 수 있겠다는 생각을 늘 하고 있었다. 그러던 중에 보부상을 통해 주막집에 머무는 정 선비 소식을 듣게 되었고 자식 공부를 부탁해야겠다 싶어 한달음에 찾아온 것이다.

"제가 거처를 따로 마련해 드리겠습니다. 주막집 뒷방보다는 나으실 테니 부디 제 아들에게 가르침을 주십시오."

정 선비는 승낙의 의미로 고개를 끄덕인 후 한 가지 조건을 걸었다. 굴촌댁 손자 강무를 비롯해 마을 아이들을 모아 같이 가르치겠다는 것이었다.

귀양살이를 하는 신분이었지만 예조 정랑의 벼슬을 지낸 정 선비의 학식과 인품은 마을에서 단연 으뜸이었다. 게다가 누명을 쓰고 유배되었기 때문에 머지않아 관직에 복귀할 거라는 소문이 돌고 있었다.

"네. 그러시지요."

최부는 순순히 정 선비의 제안을 받아들였다.

며칠 뒤, 이사를 마친 정 선비는 새로운 집에 '달빛(月光) 서당'이라는 작은 현판을 내걸었다. 서당에는 강무와 길남이를 비롯해 여덟 명의 마을 아이들이 모였다. 그중에는 홍임이라는 여자아이도 있었다. 홍임이는 난전에서 해산물을 파는 뜰네의 딸이었다.

뜰네는 젊은 시절, 육지에 일하러 갔다가 양반집 첩이 되었다. 처음에는 양반집에서 호의호식하며 살았으나 정실부인의 괴롭힘을 견디지 못하고 고향 마을로 다시 돌아온 처지였다. 그 후 뜰네는 해산물을 채취해서 장에 내다 팔거나 양반집 허드렛일을 도맡아 하면서 지극정성으로 딸을 키웠다. 서당에 다닐 학동을 구한다는 소식을 들은 뜰네가 득달같이 달려와 읍소했다.

"나리, 제 딸 홍임이도 글을 배우게 해주세요. 세상 물정 모르고 까막눈으로 살다가 저처럼 모진 팔자가 될까 두렵습니다."

정 선비는 뜰네의 처지를 불쌍하게 여겨 홍임이를 학동으로 받아주었다.

"나리, 어쩌자고 첩의 딸까지 학동으로 받아주시는 겁니까?"

몇몇 마을 사람들이 찾아와서 궁시렁거렸지만 정 선비의 태도는 단호했다.

"자고로 배움에는 남녀귀천이 없어야 하는 법이오. 내가 이곳에서나마 훈장 노릇을 하려는 이유도 바로 그것 때문이니 더는 말하지 마시오."

최부 역시 처음에는 못마땅해 했지만 자식 길남이를 맡기려면 어쩔 수 없는 노릇이었다.

말똥거리는 눈망울로 옹기종기 모여 앉은 아이들을 향해 정 선비가 말했다.

"은은한 달빛은 만물을 쉬게 하고 성장시키는 법이다. 모두 열심히 배워서 깜깜한 밤을 밝히는 달빛 같은 사람이 되거라."

"네, 훈장님!"

아이들의 짜랑짜랑한 대답 소리가 서당 마당에 크게 울려 퍼졌다.

마마님

달빛서당 초가지붕 위에서 둥그런 호박이 누렇게 익어 갔다. 작은 책상을 앞에 두고 앉은 정 선비가 아이들을 흐뭇한 미소로 바라보았다. 고래등 같은 기와집도 없고, 비단옷을 입고 있는 것도 아니지만 어쩐 일인지 아이들을 마주하고 있으면 마음이 맑아졌다. 화려한 관복을 입고 궁궐에 드나들던 일이 아득했지만 한양은 누명이 벗겨진다면 언제라도 다시 돌아갈 곳이었다. 정 선비는 유배 생활 하는 동안만이라도 아이들을 가르치는 훈장 일에 진심을 다하리라 마음 먹었다.

정 선비가 가지런한 수염을 매만지며 말했다.

"천지현황 우주홍황(天地玄黃 宇宙洪荒), 하늘은 아득하게 멀어 어두우며 땅은 누런 빛깔이며 하늘과 땅 사이는 넓고

커서 끝이 없음이니라."

"천지현황 우주홍황……."

아이들이 참새처럼 입을 맞춰 글자를 읽어내려 갔다.

강무 역시 입을 크게 벙긋거렸다. 하지만 어찌된 일인지 까만 먹물 글자가 흐느적거리는 것 같았다. 입으로는 천자문을 외면서도 머릿속으로는 쿵기덕 쿵덕, 장구 장단이 떠올라 어깨를 들썩거렸다. 그 모습을 본 정 선비가 회초리를 방바닥에 챙챙 내리쳤다.

"어허, 어쩌자고 자세를 자꾸 흐트러뜨리는 것이냐?"

"잘못했습니다."

고개를 조아리긴 했지만 머릿속에서는 하느작하느작 춤사위가 떠올랐다. 이상한 일이었다. 지난번 풍물패의 공연을 본 뒤로 밤이나 낮이나 장구 소리가 강무를 찾아왔다. 그럴 때마다 자신도 모르게 몸이 들썩거렸다. 발걸음도 사뿐사뿐 가벼워졌다. 그렇게 춤 추는 일에 빠져 있었으니 옆마을이든 윗마을이든 풍물패가 들어왔다는 소식이 들리면 쫓아가서 구경을 하느라 글공부는 제쳐놓고 있던 참이었다. 그런 강무의 행동을 정 선비가 모를 리 없었다.

"춤이란 자고로 마음을 산란하게 만드는 것이다."

허리를 꼿꼿하게 세운 채 말하는 정 선비의 모습이 자못 근엄했다.

"저는 춤 공부가 더 좋습니다."

"춤 공부? 어찌 춤이 공부가 될 수 있더냐?"

"지난 번에 훈장님께서 공부는 마음을 즐겁게 한다고 하셨잖아요. 제 마음을 즐겁게 하는 건 춤이에요. 그러니까 제게 공부는 글이 아니라 춤입니다."

"흠, 괜한 핑계를 대는구나. 공부를 게을리 한 벌이다. 남아서 서당 청소를 하거라!"

정 선비의 얼굴에 노여움이 가득했다.

서당 공부를 마치고 강무는 혼자 남겨졌다.

"칫, 그까짓 일로 서당 청소를 하라니……."

폴폴 흙먼지가 일어나도록 빗자루질을 세게 했지만 억울한 마음이 누그러들지 않았다. 훈장님이 자신만 나무라는 것 같아 볼통볼통 화가 났다. 빗자루질을 대강 마치고 방에 들어가자 누릿한 종이 냄새가 풍겼다. 선반 위에 켜켜이 쌓여 있는 서책들은 보기만 해도 머리가 아팠다.

"휴, 이 많은 책들을 어떻게 정리하란 말이야? 도대체 이

책에 무엇이 들어 있길래 훈장님은 밤이나 낮이나 이것들을 들여다보는 거야?"

투덜거리며 선반을 정리하는데 아뿔싸! 서책 한 권이 털썩 바닥으로 떨어졌다.

"이크, 또 혼나겠다."

부랴부랴 서책을 집어들었다. 그런데 그 서책은 좀 이상했다. 활짝 펼쳐진 책장에는 먹물 글자가 아닌 소매가 긴 옷, 발목까지 오는 긴 치마, 화관(나라의 잔치 때 여령, 무동 등이 쓰던 관冠)을 쓴 사람들이 줄 지어 서 있거나 움직이는 모습이 그려져 있었다. 빨강, 파랑, 노랑…… 알록달록한 그림이라니! 강무는 책장을 넘기고 또 넘겼다. 그러다가 붉은 가면을 쓴 채 긴 한삼 자락을 휘날리며 춤추는 그림에 마음을 쏙 빼앗기고 말았다.

"멋지다!"

휘둥그레진 눈으로 책장을 뚫어져라 보는데 뒤에서 호통 소리가 들렸다.

"청소하랬더니 또 게으름을 피우는 게냐!"

화들짝 놀란 강무가 목을 움츠린 채 우물거렸다.

"아, 아닙니다…… 그런데 훈장님, 이건 무슨 책이에요?"

"오호라, 네가 춤 생각에 빠져 있으니 이 책이 손에 잡힌 게로구나. 이것은 궁중 무용을 설명해 놓은《악학궤범》이란 책이다."

강무는 책의 한 부분을 손가락으로 가리켰다. 붉은 가면을 쓴 채 오방색 옷을 입고 있는 사람을 그린 그림이었다.

"이건 뭐예요?"

"처용무를 추는 춤꾼의 모습이다. 역신을 물리친 처용의 가면을 쓰고 추는 춤이지. 신라 헌강왕 때 사람으로 변한 역신이 아내를 병들게 하자 처용은 춤을 추고 노래를 부르며 역신의 마음을 달래주었어. 그 모습에 감동한 역신은 처용에게 무릎을 꿇고 빌다가 도망쳤지."

"처용이 역신을 물리친 거예요?"

"그런 셈이지. 이 일로 사람들은 처용이 역신을 물리치고 복을 불러온다고 믿었단다. 그래서 궁중에서는……."

훈장님의 설명이 계속 이어졌지만 강무의 머릿속에서는 온통 '처용'이라는 두 글자만 맴돌았다.

'처용? 처용이 역신을 물리치고 복을 불러온다고?'

문득, 어머니 생각이 났다. 3년 전 가을, 마을에 역병이 돌았다. 아버지는 역병에 걸리지 않으려면 몸을 튼튼히 해야 한다며 닭곰탕을 끓여주기도 했다. 하지만 애쓴 보람도 없이 어머니와 강무는 역병에 걸리고 말았다.

"아이쿠, 이를 어쩌냐. 마마님을 잘 달래서 내보내야 할 텐데……."

할머니는 역병을 '마마님'이라고 높여 부르며 팥죽을 끓여 툇마루 아래에 넣어 두었다. 붉은색을 무서워 하는 역신을 내쫓기 위한 방법이었다. 그 덕분이었을까? 강무는 살아남았지만 논틀밭틀 다니며 일하느라 허약해진 어머니는 끝내 목숨을 거두고 말았다.

'어머니…….'

요즘 들어 어머니 모습이 자꾸 떠올랐다. 동그랗게 말아 쪽진머리며, 곧게 탄 가르마, 투박하지만 따뜻했던 손까지……. 그리움이 차 오르자 눈가가 시큰해졌다.

서책 속에서 환하게 미소 짓고 있는 처용 탈이 친근하게 느껴졌다. 물끄러미 그림을 바라보던 강무가 눈빛을 반짝이며 물었다.

"훈장님, 처용무를 추려면 어떻게 하면 돼요?"

"궁중 무동이 되면 되지. 왜? 저 춤을 추고 싶으냐?"

강무는 아무 말 없이 고개만 연신 끄덕였다.

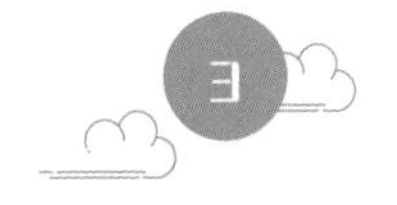

꿈 깨라!

수년에 한 번씩 온 나라에 전염병이 돌았다. 그때마다 많은 사람들이 목숨을 잃었지만 강무처럼 역병을 이겨낸 이들도 있었다. 두레박으로 물을 긷던 강무는 우물 안을 물끄러미 들여다보았다. 호리호리한 몸매에 갸름한 얼굴을 한 아이의 모습이 일렁였다. 우물물 가까이 얼굴을 바짝 들이대자 얽죽얽죽한 곰보 자국이 눈에 거슬렸다. 역병을 앓고 난 뒤 생긴 흉터였다. 아버지는 곰보 자국을 볼 때마다 힘주어 말하곤 했다.

"너를 지켜준 방패고 훈장이다. 부끄러워하지 말거라."

'칫, 나를 지켜준 거라고?'

두레박으로 헤살(물 따위를 젓거나 하여 흩뜨림)을 저어 일렁이던 얼굴을 지웠다. 불현듯 자신을 향해 손가락질 하던 사람들이 생각났다. 모두가 그런 것은 아니지만 얽은 곰보 자국을 보고 인상을 찌푸리는 이들이 있었다. 특히 길남이는 드러내놓고 싫은 내색을 했다.

세수를 대강 마치고 서당에 들어서자 길남이가 다짜고짜 '곰보 놀리기' 노래를 불러댔다.

"곰보야 곰보야, 쥐 잡아라 찍찍. 곰보야 곰보야, 쥐 잡아라 찍찍……."

때마침 뒤따라 들어오던 덕수가 소리를 꽥 질렀다.

"강무 놀리지 마라! 곰보 자국 있는 게 뭐가 어때서 그래?"

천식이도 입을 비쭉거렸다.

"맞아. 우리 할머니도 마마를 앓아 얼굴이 얽었고, 어물전 장씨 아저씨도 곰보 자국 있거든!"

덕수와 천식이는 강무의 소꿉친구들이었다. 둘은 키도 고만고만하고 바싹 마른 데다, 얼굴에 마른버짐이 있는 것까지 닮았다. 하나 다른 점이 있다면 덕수는 날쌘돌이고, 천식이는 누런 콧물을 훌쩍이고 다닌다는 것이다.

"어휴, 내가 어쩌다 너희 같은 애들이랑 같이 공부를 하게 됐는지 모르겠다."

길남이가 한숨을 쉬며 눈을 흘겨대자 덕수가 까치발을 하고 대들었다.

"훈장님이 직접 데리러 오셨거든!"

"맞아. 글공부 가르쳐주겠다고 서당에 나오라고 하셨단 말이야!"

천식이까지 목소리를 높이자 길남이가 냉큼 앞자리를 꿰차고 앉으며 메롱거렸다.

"아무튼 너희들 내 가까이에는 앉지 마라."

그러면서 책을 펼쳤지만 자리 욕심만 있었을 뿐 정작 글공부를 열심히 하지는 않았다. 길남이는 틈만 나면 장난을 쳤다. 글 배우러 오는 학동들의 짚신을 항아리 뒤에 감춰 놓은 적도 있고, 또 어떤 날에는 강아지풀을 들고 다니며 만나는 아이들마다 간지럼을 태웠다.

길남이의 뒷모습을 빤히 쳐다보던 강무 입에서 무심코 속엣말이 튀어나왔다.

"저런 옷을 입고 춤을 추면 참 좋을 텐데……."

오늘 따라 길남이가 입고 있는 하얀 무명옷이 깨끗하고 튼튼해 보였다. 하지만 강무에게는 옷을 지어줄 어머니가 없었다. 할머니가 계절마다 새 옷을 마련해 주긴 했지만 직접 지어주지는 못했다. 주막 일을 하느라 바빠서인지, 솜씨가 없어서인지 할머니는 삯바느질 하는 이웃집 아낙네에게 옷을 지어 입혔다. 그렇게 남의 손에 지어다 입은 옷은 바느질이 성글어서 금방 해지기 일쑤였다.

"뭘 보냐?"

길남이가 뒤돌아 보며 톡 쏘아붙였다.

"아, 아무 것도 아니다. 너 다음부터는 곰보 노래 부르지 마라."

자신없이 우물거리던 강무는 가슴 한켠이 시큰해졌다. 옷이 부러워서가 아니었다. 자신을 따뜻하게 보듬어 주는 어머니가 곁에 없다는 생각에 마음이 헛헛했다.

서당 공부를 마친 강무는 굴봉에 올랐다. 산 중턱에 작은 굴이 있어서 굴봉이라고 부르는 언덕은 울적한 마음을 달래기 좋은 장소였다. 널따란 바위 위에 올라서자 마을 풍경이 한눈에 들어왔다. 멀리 보이는 수평선은 한가로웠고, 옹기종기 모여 있는 초가집들이 정겨웠다.

물끄러미 바다를 바라보던 강무는 한쪽 발을 살짝 치켜올렸다. 그러고는 양팔을 나울거렸다. 마음이 고요해졌다.

그 고요함 속에 어머니가 있었다. 힘든 농사일을 하면서도 어머니는 입장단을 하며 몸을 하느작거리곤 했다.

“어화, 어럴럴. 상사디여~ 어화, 어럴럴. 상사디여~”

함박웃음을 웃는 그 순간의 어머니 모습이 강무의 기억 속에 곱게 박제되어 있었다.

“강무야, 힘이 들 땐 이렇게 춤을 춰 봐. 걱정 근심이 훌훌 날아가고, 마음이 편안해질 거야.”

다정한 어머니 목소리가 귓가에 속살거리는 것만 같았다. 어머니는 양인으로 태어났지만 열일곱 살 무렵 부모님을 잃고 혼자 남겨졌다. 이웃들은 살길이 막막해진 어머니에게 춤 추는 실력이 빼어나니 관기가 되라며 부추겼다. 하지만 그즈음, 어머니는 아버지를 알게 되었고, 마음이 맞은 두 사람은 살림을 꾸렸다.

그래서였을까, 할머니는 어머니의 손짓, 발짓이 조금만 가벼워져도 기생이 될 거냐며 심통을 부렸다.

“어머니, 어머니…….”

강무는 춤사위를 할 때마다 어머니를 읊조렸다. 그러면 어머니가 어느 결에 곁에 와 있는 것만 같았다. 팔을 나울거리자 귓가에 사느란 바람이 느껴졌다. 그때였다. 등 뒤에서 날카로운 남자 아이 목소리가 들렸다.

"넌 어쩌자고 기생들이나 추는 춤을 흉내 내고 그러냐!"

나뭇가지로 만든 새총을 퉁기며 길남이가 쏘아붙였다.

"기생 춤이 아니라 내 춤이야."

"흥, 내 춤이란 게 어디 있냐? 그 숭굴숭굴한 곰보 자국은 어쩔 건데? 그 얼굴로 춤을 추겠다고? 꿈 깨라!"

가슴에 콕콕 박히는 말이었다.

"너 자꾸 그럴래?"

강무가 종주먹을 들이대자 뒷걸음질 치던 길남이는 언덕 아래로 후다닥 달아났다.

"너 한 번만 더 놀리면 가만 안 둘 거야!"

길남이 뒤통수에 대고 고함을 지르는 강무의 얼굴이 붉으락푸르락했다.

나례

"채재챙, 채쟁챙."

선달그믐날이 되자 마을 사람들이 공터에 모여들었다. 차가운 겨울 바람이 휘돌았지만 모두들 나례(음력 선달 그믐날에 민가와 궁중에서 묵은해의 잡귀를 몰아내기 위해 벌이던 의식)를 준비하느라 바빠보였다. 여기저기서 "벙! 벙!" 대나무 태우는 소리가 들렸다. 강무가 두 손으로 귀를 틀어막은 채 큰 소리로 물었다.

"대나무는 왜 태우는 거야?"

"집안에 숨어 있는 나쁜 잡귀들 내쫓으려고 그러는 거래!"

옆에서 액막이연을 날리던 천식이 목소리가 또랑또랑하게 울렸다.

"강무야, 우리 아버지가 네 이름도 이 연에 써 줬어."

"그래? 잘됐다! 액운 없어지게 멀리 날려 보내라. 멀리!"

"알았어. 나만 믿어!"

천식이가 재빨리 얼레를 돌려 휘리릭 연줄을 풀었다.

"자! 이제 끊는다."

연이 하늘 높이 날았을 때 천식이가 연줄을 댕강 끊었다. 그러자 방패 모양 연이 새가 된 것처럼 훨훨 날았다. 강무는 그 모습을 한참 동안 쳐다보았다. 어머니를 잃은 슬픔도, 아버지와 헤어진 아픔도 너울대는 연을 타고 멀리멀리 날아가 사라지기를 바랐다. 그때였다.

"너 여기서 뭐해?"

누군가 강무의 땋은머리를 잡아당겼다. 붉은색 치마저고리를 입은 홍임이었다.

"으악, 깜짝이야! 그게 뭐야?"

홍임이가 쓰고 있던 새하얀 가면을 벗으며 샐쭉거렸다.

"놀랐지? 이따가 탈춤 놀이 때 쓸 거야. 너도 할 거지?"

"난 그냥 구경만 할 거야."

강무는 오늘 꼭 보고 싶은 공연이 있었다. 바로 처용무였다. 해마다 나례 공연이 있었지만 처용무를 선보이는 건 이

번이 처음이라고 했다. 지난 번 서책에서 보았던 그 멋진 춤을 직접 볼 수 있다니! 생각만 해도 가슴이 설레었다.

한 식경쯤 지나자 귀신을 쫓는 액막이 굿으로 나례가 시작되었다. 나례는 단순히 제례 의식으로 그치지 않고 마을 사람들의 복을 빌어주는 등불 행사와 용왕굿으로 이어졌다. 큰 바위 앞에 돼지머리와 찐쌀, 유과, 과일 등이 풍성하게 차려졌다.

"훠이! 물렀거라!"

딸랑딸랑 요란한 방울 소리가 허공에 울려 퍼졌다.

"훠이! 잡신은 물러가고, 바닷길을 열어 이곳을 지나가는 어부들의 혼을 달래 주거라!"

무당은 겅중겅중 뛰어올랐다가 빙글빙글 돌았다. 그러다가 털썩, 주저앉더니 다시 공중으로 뛰어오르며 구경꾼들의 혼을 쏙 빼 놓았다. 잠시 뒤, 탈춤 놀이가 이어졌다. 붉은 옷을 입고 몽둥이를 쥔 사람, 곰 가죽 옷을 입은 사람, 눈이 네 개 달린 가면을 쓴 춤꾼들이 차례대로 등장해 춤을 추었다. 악귀를 쫓기 위한 의식이었다. 어느새 연희를 즐기는 사람들 얼굴이 발갛게 상기돼 있었다. 하루하루 고된 노동으로 팍팍하게 지내는 삶이었지만 나례가 있는 날에는 모두 한마음으로 연희를 즐겼다.

저녁 어스름이 질 때쯤 처용무 공연이 시작되었다.

"삘리리리."

"둥기덩 둥둥!"

삼현육각(향피리 2 · 대금 · 해금 · 장구 · 북의 6인조가 원칙인 악기편성법)의 연주가 울려 퍼지자 화려한 오방색 옷을 입은 춤꾼이 등장했다. 모란꽃과 복숭아 열매로 장식한 처용 탈은 서책에서 볼 때보다 더 친근하게 느껴졌다. 부리부리한 눈과 길쭉한 턱, 붉은색 얼굴의 처용 탈은 온화한 미소를 짓고 있었다. 그 모습이 마치 인자한 할아버지 같기도 하고, 먼 나라에서 온 왕의 모습 같기도 했다.

처용 탈을 쓴 춤꾼이 부드럽게 양팔을 너울거렸다. 그러자 한삼 자락이 하늘을 향해 하늘하늘 나부끼다가 다시 폭포수가 된 것처럼 호르르호르르 아래로 떨어졌다.

"와!"

강무 입에서 탄성이 새어나왔다. 처용무를 추는 춤꾼의 춤사위는 크고 힘이 넘쳤다. 그러면서도 아주 고요했다. 춤꾼이 몸을 움직일 때마다 가슴 속에서 뭔가 꿈틀대다가 울컥, 뜨거운 것이 올라오는 것 같았다.

'어머니…….'

불현듯 어머니 모습이 떠오르자 강무는 자신도 모르게 두 주먹을 불끈 쥐었다.

'언젠가 나도, 처용무를 출 거야.'

나례가 끝난 뒤, 구경꾼들은 떡과 과일을 나눠 가졌다. 강무도 시루떡 한 조각을 손에 들고 한달음에 집으로 달려왔다. 하지만 할머니의 말투는 퉁명스럽기만 했다.

"훈장님께서 네가 춤판을 기웃대느라 공부를 허투루 한다던데 그 말이 참말이냐?"

"글공부를 해서 뭐해요. 저는 무동이 될 거예요."

"무동이 되겠다고?"

할머니가 이맛살을 찌푸렸다. 착하고 말 잘듣던 손자가 이토록 춤에 빠질 줄이야. 처음에는 그저 호기심에 춤판을 기웃대는 거라고 생각했는데 그게 아니었다. 강무의 눈빛은 점점 달라지고 있었다.

"저는 춤 추는 게 좋아요. 꼭 궁중 무동이 될 거예요!"

강무가 붉으락푸르락한 얼굴로 대들자 할머니는 주먹으

로 자기 가슴을 쿵쿵 쥐어박으며 흐느꼈다.

"아이고, 며느리도 역병으로 죽고 바다로 간 아들 소식도 몰라서 가슴이 미어지는데 어째서 너까지 속을 썩이는 것이냐. 아이고……."

강무 아버지는 어부였는데 어느 날, 바다에 나가서 돌아오지 않았다. 동행한 사람이 있었지만 두 사람 모두 감쪽같이 사라졌다. 마을 사람들은 시체가 발견되지 않았으니 죽었다는 이야기는 차마 못하고 어쩌면 왜국으로 갔을 거라며 할머니와 강무를 위로했다. 하지만 그 일이 일어난 지 벌써 일 년이 다 돼 가고 있었다.

할머니는 강무가 그저 농사를 짓거나 물고기를 낚거나 장사를 하면서 무탈하게 살아가기를 바랐다. 춤꾼은 기생이나 천민들이 하는 거라며 못마땅해 했다. 강무가 양인도 지원하면 궁중 무동이 될 수 있다고 말했지만 소용없었다. 할머니에게 무동이란 그저 허튼춤을 추는 천한 신분일 뿐이었다.

"아들은 죽었는지 살았는지도 모르고…… 손자놈은 천한 춤꾼이 되겠다고 저러고…… 아이고, 아이고……."

할머니의 서글픈 울음소리는 한밤중까지 이어졌다.

손짓, 발짓

해풍마을에서 나는 해산물은 전국 각지에서 인기가 많았다. 특히 말린 전복과 미역은 보부상들이 앞다투어 챙겨 가는 특산품이었다. 한 달에 한 번씩 해풍마을에 들르는 보부상 오동추는 말린 전복과 미역을 사서 한양에 내다 팔고 있었다. 아침 일찍 일어난 오동추가 평상에 걸터앉아 헛기침을 해댔다.

"흠흠, 여기 어죽 한 그릇 내오시오!"

생선살과 생선뼈를 폭 고아 끓인 어죽은 간단하면서도 배부르게 먹을 수 있는 음식이었다. 굴촌댁은 매일 아침마다 뜨끈한 어죽을 한 솥 가득 끓여냈다. 바쁜 굴촌댁을 돕던 강무가 어죽을 내가며 물었다.

"한양에 다녀오셨어요?"

"그래. 이제 척 봐도 아는구나."

오동추는 게걸스럽게 어죽 한 그릇을 싹싹 긁어먹었다. 그러고는 숭늉까지 벌컥벌컥 마신 뒤 "어험" 하고 헛기침을 내뱉었다. 옆에 앉아 있던 등짐장수가 오동추에게 바짝 다가가 앉으며 물었다.

"요즘 한양 양반들이 좋아하는 게 뭐요?"

"전복이오. 전복! 말린 전복을 쪄서 전복초를 만들어 먹으면 좋다고 너도나도 전복을 찾더이다!"

오동추가 호기롭게 대답하자 등짐장수가 다시 말을 건넸다.

"또 다른 소식은 뭐 들은 거 없소?"

"뭐 별다른 건 없소. 아! 궁중 무동을 뽑을 거랬소."

그릇을 치우던 강무가 고개를 바짝 쳐들었다. 그러고는 오동추에게 되물었다.

"진짜 궁중 무동을 뽑는대요?"

"그렇다는구나. 궁궐에서 열다섯 살이 된 무동은 모두 내보내고, 어린 아이들을 새로 뽑아서 춤을 가르칠 거란다. 이번에 전국 팔도에서 열 명씩 고루 뽑는다고 하더라. 아, 굴촌댁이 네가 춤에 빠져 있다고 하던데 요즘도 그러냐?"

그 말을 들은 굴촌댁이 냅다 소리를 내질렀다.

"우리 강무한테 헛바람 넣지 말고, 어죽 다 먹었으면 냉큼 나가시오!"

"허참, 내가 뭘 그리 잘못했다고 아침부터 이리 악다구니를 퍼붓는 게요?"

오동추는 잽싸게 짚신을 꿰 차 신고 허둥지둥 주막을 빠져나갔다. 그 꽁무니를 쫓아 강무도 주막을 뛰쳐나왔다.

"강무야! 강무야!"

할머니의 고함 소리가 이어졌지만 강무는 발걸음을 멈추지 않았다. 아침부터 춤 이야기가 나왔으니 하루 종일 잔소리를 들을 게 뻔했다. 뒤를 돌아보지 않고 한달음에 달렸더니 어느새 둥그배미논에 다다랐다. 모내기가 막 시작된 논에 흰두루미가 날아들었다.

논두렁에 올라선 강무는 흰두루미의 날갯짓을 흉내내며 어깨를 으쓱거렸다. 그러고는 양팔을 부드럽게 너울거렸다. 그렇게 몸을 움직이다 보니 마음이 조금 누그러졌다. 하지만 춤이란 마음을 산란하게 하는 것이라며 꾸짖던 훈장님의 얼굴이 떠오르자 어깨가 축 처졌다.

"치잇, 산란했던 마음이라도 춤을 추면 이렇게 누그러드는 걸……."

혼잣말을 하던 강무는 다시 사뿐사뿐 걸었다. 발끝을 위로 살짝 치켜 올렸다가 발뒤꿈치를 살짝살짝 들어보기도 했다.

"너 또 춤 연습 하는 거야?"

건너편에서 홍임이가 알은체를 해왔다.

"그냥 두루미 흉내를 내본 거야. 그러면 저절로 춤이 추어지거든. 넌 어디 갔다 오는 거야?"

"소해 스승님 집에서 오는 길이야."

소해 선생은 마을에서 알아주는 춤꾼이자 가야금 연주자였다. 홍임이는 작년부터 가야금을 배우고 있다고 했다.

"가야금을 배운다고?"

강무가 눈을 동그랗게 뜨고 되물었다.

"응, 어머니가 힘들게 일해서 학채(서당 선생에게 수업료로 주던 돈이나 곡식)까지 마련해 줬는데 열심히 해야지."

홍임이는 가야금 연주 솜씨가 남달랐다. 하지만 툭하면 여기저기서 첩의 딸이라고 괄시를 받았다. 그런 놀림을 받으면서도 홍임이는 가야금 연습을 멈추지 않았다. 도리어 더 열심히 배웠다.

“내가 실력 있는 악공이 되면 첩의 딸이라고 무시하지 않을 테지.”

홍임이가 눈을 핼끔 흘기며 새초롬하게 말했다.

“넌 좋겠다. 재주도 있고, 스승님도 있고. 나도 춤 배우고 싶은데…….”

“춤을 배우겠다고? 네가?”

“응. 나는 춤 출 때가 제일 좋아. 그래서 무동이 되고 싶어. 무동이 되면…….”

강무 입에서 불쑥 속엣말이 새어 나왔다. 요즘 따라 귓가에 울리는 장구 소리에 자꾸 어깨가 들썩였다. 머릿속에서는 늘 한삼 자락이 너울거렸고, 몸은 겅중겅중 자꾸 튀어올랐다. 그런 강무의 생각을 알아채기라도 했는지 홍임이가 넌지시 말을 건넸다.

“학채를 많이 드려야 하는 건 아니야. 그냥 거저 배운 재주는 자기 것이 안 되기 때문에 열심히 배우라는 뜻으로 조금 받는다고 하셨어.”

나긋하게 말하는 홍임이의 모습이 왠지 의젓하게 느껴졌다.

“그래?”

"응, 미역이나 소라를 학채로 드려도 될 거야."

홍임이 말에 귀가 솔깃해진 강무는 곧장 소해 선생집으로 향했다. 난전을 지나 큰 느티나무를 지나자 홍임이가 알려준 마당 너른 집이 나타났다. 사립문 위에 가야금과 장구 그림이 그려져 있는 걸 보니 분명했다. 사립문을 열고 들어가자 장독대를 청소하던 소해 선생의 눈이 휘둥그레졌다.

"누군데 이렇게 불쑥 들어오느냐?"

"동구 밖 주막집에 사는 박강무라고 합니다. 홍임이가 스승님을 찾아가면 춤을 가르쳐 줄 거라고 했어요."

"뭐라고? 네가 춤을 배우겠다고?"

"네. 저는 궁중 무동이 되고 싶어요……."

강무는 입술을 질끈 깨물었다. 춤 추는 게 좋다고, 장구 소리를 들으면 자꾸 가슴이 콩닥거린다고 말하고 싶었지만 그 말은 그냥 입속으로 꿀꺽 삼켜 버렸다.

"말도 안 되는 소리 하지 말고 당장 돌아가거라!"

소해 선생은 화가 난 얼굴로 강무를 쳐다보았다. 숭굴숭굴한 곰보 자국이 있는 사내아이가 갑자기 찾아와서 다짜고짜 춤을 가르쳐 달라니 말문이 턱 막혔다.

뻘쭘하게 서 있던 강무가 옷고름을 만지작거리며 우물

거렸다.

"학채는 제가 미역을 구해서 드릴 수 있어요. 그냥 거저 가르쳐 달라는 게 아니에요……."

"허참, 어린 아이가 어른을 부끄럽게 만드는구나. 학채는 다 무슨! 어서 돌아가거라. 그렇게 춤을 추고 싶으면 광대패에 들어가서 추면 되지, 궁중 무동이 다 웬말이냐!"

소해 선생은 사립문을 활짝 열어젖히더니 손짓으로 강무를 쫓아냈다.

터덜대며 밖으로 나온 강무는 생각이 복잡해졌다. 할머니 말대로 자신이 정말 헛된 꿈을 꾸고 있나 싶기도 했다.

며칠 뒤 우물가에서 만난 홍임의 표정이 어둑했다. 지난밤, 가야금 공부를 마치고 소해 선생에게 꾸중을 들었던 것이다.

"어쩌자고 그런 아이를 내게 보냈느냐?"

"강무는 제 친한 동무예요. 배우고 싶어하는 눈빛이 너무나 간절해 보였어요."

홍임이는 엄하게 꾸짖던 소해 선생의 얼굴이 떠오르자 잔뜩 어깨를 움츠렸다. 하지만 이내 허리를 꼿꼿하게 세우고 강무를 향해 슬쩍 말을 걸었다.

"소해 스승님을 찾아갔었다며?"

"응. 그런데 사내아이가 무슨 춤을 추냐고 단박에 거절하시더라."

"속상했겠다. 내가 춤 동작 하나 가르쳐 줄까?"

"뭐? 네가 어떻게?"

"소해 스승님이 춤을 추실 때가 있거든. 그때 내가 익혀 둔 동작이 있어. 가르쳐 줄까?"

"응. 나도 혼자 춤 연습을 하고 있기는 해. 한번 볼래? 학처럼 이렇게 천천히 움직이다가 훨훨……."

강무는 까치발을 세워 사뿐사뿐 걸었다.

"와! 잘한다!"

추임새를 넣던 홍임이가 손끝을 모아 허공을 향해 탁, 치켜올리며 말을 이었다.

"손짓도 이렇게 해 봐."

"이렇게?"

강무가 홍임이를 따라 손끝을 모아 허공을 향해 탁, 치켜올리며 되물었다.

"잘했어! 넌 눈썰미가 좋으니까 손짓, 발짓 하나만 제대로 익혀도 너만의 춤을 출 수 있을 거야. 네 춤 동작을 보고 있으면 마음이 포근해지더라."

"고마워."

강무의 입꼬리가 실룩거렸다.

전복 도둑

굴봉에 오르자 마을 풍경이 한눈에 들어왔다. 멀리 보이는 수평선은 한가로웠고, 마을 곳곳에서는 홍매화가 꽃망울을 터뜨리고 있었다. 서당은 며칠 간 방학이었다. 봄철 일손이 부족할 때이니 집안 일을 도우라는 훈장님의 당부가 있었지만 아이들은 뛰어다니며 놀기에 바빴다. 강무 역시 덕수랑 천식이랑 한참을 뛰어놀다가 점심때가 되어서야 주막으로 돌아왔다. 할머니가 설거지를 하고 있는지 부엌에서 달그락거리는 소리가 들렸다.

강무는 항아리에 물이라도 채워두어야겠다는 생각에 물지게를 걸쳐 멨다. 그때였다. 누군가 사립문을 왈칵 열어제쳤다. 최부와 하인 칠성이였다.

“강무, 네 이 녀석!”

최부가 뒷짐을 진 채 엄한 표정으로 소리쳤다.

"어르신, 무슨 일이십니까?"

호통 소리에 놀란 강무는 허둥지둥 물지게를 내려놓고 허리를 굽혔다.

"말린 전복 한 자루가 없어졌다. 네가 훔쳤다고 하던데?"

"제, 제가요? 저 아니에요."

뒷걸음질치는 강무를 밀치며 칠성이가 주막 곳곳을 뒤지기 시작했다. 허둥지둥 부엌에서 나온 굴촌댁이 행주치마를 바짝 움켜잡으며 소리쳤다.

"우리 강무가 물건을 훔치다니, 절대 그럴 리가 없습니다!"

그때였다. 우당탕대며 부엌을 뒤지던 칠성이가 무언가를 들고 뛰쳐나왔다.

"여기 전복 찾았습니다!"

칠성이가 말린 전복 세 개를 떡하니 내밀어 보였다.

"그건 제가 사 둔 것입니다!"

굴촌댁이 달려들며 전복을 빼앗았다.

"자네가 무슨 돈이 있어서 비싼 전복을 사 두었다고 그러시오? 손자를 위해서 거짓말을 하는 것이오?"

"아니오. 강무가 훔친 게 아닙니다. 제가 훈장님 보양식 해드리려고 큰 마음 먹고 사둔 거라오!"

굴촌댁이 항변했지만 칠성이가 막무가내로 강무의 목덜미를 움켜쥐었다.

"훔치지 않았어요. 전 훔치지 않았다고요!"

화들짝 놀란 강무가 버둥거리며 소리쳤다.

"누가 저를 도둑이라고 했어요?"

"길남이가 네 짓이라고 털어놓았다."

눈을 부라리던 최부가 칠성이를 향해 고개를 끄덕였다. 그러자 칠성이가 회초리를 휘둘렀다.

"철썩!"

강무 종아리에 실지렁이같은 자국이 그어졌다.

"악! 악!"

찰싹찰싹 회초리 소리와 함께 짧은 비명소리가 허공에 울려 퍼졌다.

최부가 엄한 목소리로 말했다.

"이번에는 회초리 몇 대로 벌을 주었지만 다음에 또 이런 일이 일어나면 관아에 고해 곤장을 맞게 할 테니 그리 알거라!"

최부와 칠성이가 돌아간 뒤, 강무는 설움이 복받쳐 펑펑 울었다.

"나 도둑질 안 했어요. 억울해요. 억울해! 엉엉엉."

"휴우, 힘없는 늙은 할미랑 사니까 이런 수모를 겪는구나. 아이고, 서럽구나. 서러워……."

얼굴이 바짝 쪼그라든 할머니 입에서 한숨 소리가 새어 나왔다.

"아이고, 내 새끼 종아리 부르튼 것 좀 보게. 어휴."

투박한 손으로 종아리를 어루만지던 할머니의 눈시울이 금세 붉어졌다.

다음 날 오후, 강무는 길남이 집을 찾아갔다. 억울한 일을 당하고 회초리까지 맞았는데 그냥 있을 수는 없었다. 들창을 향해 솔방울을 집어던지며 소리쳤다.

"길남이 너 나와! 안 나오면 네 아버지께 다 이를 거야!"

한참 동안 소란을 피우자 길남이가 슬금슬금 밖으로 나왔다. 그러고는 작은 목소리로 우물거렸다.

"왜 이렇게 소란이야?"

"네 짓이지? 네가 전복 훔친 거지?"

"아니야. 괜히 아버지한테 또 혼나지 말고 어서 돌아가."

"너한테 전복을 샀던 보부상한테 다 들었어!"

"뭐, 뭐라고? 그, 그게 무슨 말이야?"

당황한 듯 말을 더듬는 길남이 앞에 패랭이를 쓴 남자가 성큼성큼 다가왔다. 보부상 오동추였다.

"며칠 전에 너에게 전복을 샀는데, 설마 나를 모른다고 하지는 않겠지?"

낮에 주막에 들렀다가 강무가 회초리를 맞게 된 사연을 들은 오동추가 큰 소리를 뻥뻥 쳤다.

"흠, 전복 도둑이 누군지 알 것 같구나. 내가 누명을 벗겨 주마."

그러고는 증인이 돼 주겠다며 강무를 따라온 것이다. 오동추가 까랑까랑한 목소리로 말했다.

"너에게 샀던 전복이 아직 남아 있는데 최부 어른께 보여드리면 뭐라고 하실지 궁금하구나. 장사꾼은 자기 손을 거쳐간 물건은 절대 잊지 못하는 법이거든."

얼굴이 하얘진 길남이가 주춤거리며 오동추에게 귓속말을 속닥거렸다.

"아버지께는 말하지 마세요. 제가 그 전복, 싸게 팔았잖아요…….”

“나한테 싸게 넘긴 이유가 있겠지. 훔친 게 아니라 아버지 심부름으로 나에게 파는 거라고 했지? 그게 참말이었냐? 최부 어른께 내가 직접 물어볼까?”

“진짜예요. 진짜라고요!”

길남이가 검지손가락을 입술에 갖다대며 울상을 지었다.

“제발, 어서 가세요…….”

그때였다. 곡식 창고에서 장부 정리를 하던 최부가 대문 밖으로 나왔다.

“안에서 다 들었다. 길남이 네가 정말 전복을 빼돌렸느냐?”

“아버지, 그게 그러니까…….”

길남이가 우물쭈물하자 최부의 얼굴이 잔뜩 일그러졌다. 최부는 틈만 나면 길남이에게 자신이 다녀온 청나라 여행담을 들려주곤 했다.

“바다 건너 청나라에는 뜨거운 호수도 있고, 금으로 만든 성도 있더구나. 사람은 모름지기 견문을 넓혀야 한다. 수많은 경험을 하고 나서야 한 가지 지혜를 가질 수 있으니 부지런히 배우거라. 배움이 있어야 큰 상인이 될 수 있는 것이다."

아버지로부터 청나라 이야기를 들을 때마다 길남이는 다짐했다.

'나도 상인이 되면 일본도 가고, 청나라에도 갈 거야!'

그런 생각을 하다 보니 하루 빨리 아버지에게 글공부보다는 상인으로서의 능력을 인정받고 싶었다. 곡식 창고에는 내다 팔 수 있는 곡물과 해산물이 가득했으므로 그중에서 몇 자루쯤 몰래 빼내 팔아보려 했다. 하지만 막상 훔치고 보니 장사할 엄두가 나지 않아 빼돌렸던 마른 전복을 보부상에게 급히 싸게 팔았는데 그게 바로 오동추였던 것이다.

"아버지, 잘못했습니다. 용서해 주세요."

길남이는 몸을 부르르 떨며 땅바닥에 넙죽 엎드렸다. 최부는 그런 길남이가 못마땅하다는 듯 눈을 흘기며 대문 안으로 들어갔다. 길남이가 문을 쾅쾅 두드리며 잘못을 빌었지만 저녁 어스름이 내릴 때까지 대문은 열리지 않았다.

다음 날, 최부는 보리쌀 한 바가지를 주막에 보내왔다.

"이게 웬 거요?"

굴촌댁이 가자미눈을 하고 묻자 칠성이가 퉁명스럽게

대꾸했다.

"어르신께서 갖다주라고 하셨소. 어제 내리친 회초리값이라고……."

보리쌀이 담긴 표주박을 받아든 굴촌댁이 못마땅하다는 듯 "끙" 소리를 내뱉었다.

곰보 곰보, 쥐를 잡아라!

할머니 심부름으로 뜰네 집에 다녀오던 강무는 해안가를 거닐었다. 오동추 덕분에 누명을 벗긴 했지만 억울한 마음이 풀어지지 않았다. 길남이가 어쩌자고 자신을 도둑으로 몰았는지 화딱지가 났다. 강무는 복잡한 마음을 풀어내듯 양팔을 머리 위로 뻗어올리며 빙그르르 돌고 또 한번 빙그르르 돌았다. 그러다가 갈매기의 날갯짓을 흉내내며 몸을 움직였다. 문득, 무동 경연 일이 머지않았다는 생각이 떠올랐다. 혼자서 매일 손짓, 발짓 연습을 했지만 다른 춤 동작을 더 익히고 싶었다.

강무는 곧장 소해 선생의 집을 향해 달음박질 했다. 저잣거리를 지나 장구 그림이 그려진 사립문 앞에 다다르자 숨이 헉헉 차 올랐다. 빨랫줄에 옷을 널고 있던 소해 선생은 휘둥그레진 눈으로 물었다.

"어쩌자고 다시 찾아온 것이냐?"

"곧 궁중 무동을 뽑는 경연이 있어요. 춤 동작 좀 가르쳐 주세요. 부탁드립니다."

소해 선생은 쪽진머리를 매만지며 눈을 흘겼다.

"참 별나구나. 사내아이가 어찌 춤을 배우겠다고 이리 법석이냐! 춤 추는 게 쉬운 일이 아니야. 게다가 궁중 무동은 더더욱 힘들 테고……."

"열심히 배울게요. 저는 꼭 무동이 되고 싶어요."

강무의 간절한 부탁에 소해 선생의 눈빛이 사르르 떨렸다. 춤에 대한 열정을 가진 아이를 오랜만에 본 것이다. 불현듯 자신의 어린 시절이 떠올랐다.

소해 선생은 양반집 딸로 태어나 남부러울 것 없이 살았다. 하지만 사헌부 관리였던 아버지가 역적으로 몰리자 집안은 금세 풍비박산이 되었다. 하루 아침에 천한 신분이 되고 보니 서러움이 몰려왔지만 거스를 수 없는 운명을 받아들여야 했다. 소해 선생은 양반의 신분이었던 것을 잊어버리고 오로지 춤과 악기 연주에 몰두했다. 그 후 실력을 인정받아 장악원에서 무동과 악공을 가르치는 일을 하게 되었고, 나이 마흔이 넘은 후에는 고향에 내려와 춤과 악기를 가르치고 있었다. 살포시 눈을 감고 지난 일을 회상하던 소해 선생이 나지막하게 말했다.

"내일 진시(오전 일곱 시부터 아홉 시)에 오거라. 몇 가지 알려줄 테니."

"고맙습니다, 고맙습니다!"

연신 머리를 꾸벅이는 강무 입에서 배실배실 웃음이 새어 나왔다.

며칠 뒤, 경연장에 삼삼오오 아이들이 모여들었다. 말끔하게 차려입은 아이도 몇 있었지만 대개는 행색이 허름했다. 그 중에서 텁수룩한 머리를 한 남자아이가 실실대며 말을 걸어왔다.

"우초마을에서 온 최귀돌이다. 넌?"

"박강무. 해풍마을에서 왔어."

"난 우리 당숙이 천거해 주었어. 넌 어떻게 오게 된 거야?"

"무동이 되고 싶어서……."

"네 스스로 찾아왔다고? 참 별나구나."

제 할 말만 늘어놓던 귀돌이가 이번에는 춤 연습을 하고 있는 아이들에게 다가가 시시덕거렸다.

경연장에 온 아이들은 춤 솜씨가 좋아 뽑혀온 아이도 있었지만 가난한 형편 때문에 부모가 데리고 온 아이도 있었다. 하지만 강무는 달랐다. 광대의 자손도 아니고, 기녀의 자식도 아니고, 부모가 데리고 온 것도 아니었다. 그저 스스로 무동이 되고 싶다는 소망이 생겼고, 그것을 좇다 보니 경연장까지 오게 된 것이다.

"뎅!"

경연의 시작을 알리는 징소리가 울리자 팔자수염을 한 관원이 소리쳤다.

"번호 순서대로 나와서 춤사위를 보이거라!"

"둥기덩 둥둥!"

장구 소리가 울리자 아이들이 한 명씩 나와 덩실덩실 어깨춤을 너울거렸다. 몇몇 아이는 공중제비를 넘거나 빙글빙글 제자리 돌기를 쉬지 않고 하기도 했다. 강무가 보기에 그건 춤이 아니라 기예에 가까웠다. 강무는 우스꽝스러운 표정과 요란한 몸짓을 하는 광대의 춤을 추고 싶지는 않았다. 문득, 어제 저녁 소해 선생이 했던 말이 떠올랐다.

"모름지기 춤은 발끝으로 추고, 손끝으로 추는 법이다. 경거망동하지 말고 그저 음악에 몸을 맡기고, 그 흐름대로 몸을 움직이면 그게 곧 춤이 되는 것이다."

강무는 소해 선생이 일러준 춤사위를 떠올리며 자기 순서가 되기를 기다렸다.

드디어 마지막 순서로 강무가 관원들 앞에 섰다. 관원 한 명이 먹물이 묻은 붓을 들고 물었다.

"사는 곳과 이름을 말해 보거라."

"해풍마을에서 온 박강무입니다."

"그래. 어디 한번 추어 보거라."

관원이 악공에게 고개를 끄덕이자 "둥기덩! 쿵덕!" 장구 소리가 이어졌다.

강무는 장구 장단에 맞춰 당실당실 어깨춤을 추었다. 발걸음을 사뿐사뿐 걷다가 빙그르르 원을 돌자 온몸에서 흥이 배어나왔다. 신이 났다. 밭두렁에서, 굴봉 언덕에서, 혼자 추어 보던 춤을 이렇게 많은 사람들 앞에서 뽐낼 수 있다니! 춤사위가 점점 커졌다. 장단에 맞춰 어깨를 들썩거리고 팔을 너울거렸다. 사마귀가 풀밭을 옮겨다니듯 가벼우면서도 재빠르게 몸을 움직였다. 그러다가 몸을 살짝 비틀어 빙그르르 도는데 아뿔싸! 귓가에 날카로운 목소리가 쟁쟁 울려 퍼졌다.

"곰보 곰보, 쥐를 잡아라! 찍찍. 곰보 녀석 주제에 무슨 춤이냐!"

순간, 온몸이 굳는 듯 했다. 고개를 쳐들고 주위를 둘러보자 구경꾼들이 일제히 자신을 쳐다보고 있는 게 아닌가! 갑자기 어깨가 바짝 움츠러들고, 등에서 식은땀이 주르륵 흘렀다. 사뿐사뿐하던 발걸음이 순식간에 무거워졌다. "둥두둥, 두둥 둥!" 흥겹게 울리던 장구 소리가 "퉁!" 하고 멈추었다.

'망했다…….'

강무는 아랫입술을 잘근 깨물었다.

"한 식경 뒤에 결과를 발표하겠다!"

관원의 말이 끝나자마자 아이들이 사방으로 흩어졌다.

강무는 동헌 앞뜰의 나무 그늘 아래에 털썩 주저 앉았다.

'멍청이, 그런 소리에 마음을 빼앗기다니…….'

경연 때 있었던 일이 떠오르자 말린 곶감처럼 얼굴이 잔뜩 일그러졌다.

'곰보 곰보, 쥐를 잡아라! 찍찍. 곰보 녀석 주제에 무슨

춤이냐!'

귓가에 울리던 소리가 환청인 것을 알았지만 이미 몸이 굳은 뒤였다. 뒤로 갈수록 호흡이 빨라지고 몸동작도 거칠어졌다. 어쩌자고 그런 환청이 들렸을까? 그동안 혼자 고요하게 춤을 추다가 많은 사람들 앞에 처음 섰기에 긴장해서 그런 걸까? 평소에 추던 춤사위가 아니었다. 생각할수록 아쉬웠다. 우긋하게 자라난 풀을 한 움큼 움켜쥐고 있는데 홍임이가 알은체를 하며 다가왔다.

"강무야, 네 춤 멋지더라."

"멋지긴……. 괜한 말 하지 마라."

볼멘 목소리로 툴툴거렸지만 홍임이는 아랑곳하지 않고 찐 감자 한 알을 건넸다.

"이거 좀 먹어. 어머니가 싸 준 거야."

"……."

강무는 말 없이 감자를 입에 욱여넣고는 우물거렸다.

"넌 가야금 연주를 잘해서 마음이 편한가 보구나. 난 오늘 망했다. 휴우."

꿀꿀한 기분이 들자 저절로 한숨 소리가 새어 나왔다. 홍임이에게도 부끄러웠다. 그도 그럴 것이 무동 경연이 열리기 전에 가야금 경연이 있었는데 홍임이의 연주가 제일 빼어났다. 그에 비해 자신의 춤은 평범하고 초라했다는 생각이 들었다.

"망했다고? 아니야, 잘했어. 네 춤에는 언제나 진심이 담겨 있는 것 같아."

"넌……. 왜 나한테 다정한 거야?"

"으응? 그게 무슨 말이야?"

"지난 번에도 그렇고, 지금도 그렇고. 언제나 친절하게 대해 주잖아……."

몇 번이고 물어보고 싶었던 말이었다. 홍임이는 언제나 강무를 응원해 주었다. 홍임이가 모든 사람에게 그런 건 아니었다. 언젠가 도토리를 던지는 길남이에게는 눈을 핼끔거리고, 댕기를 잡아당기는 덕수에게 딱딱거리는 모습도 보았다. 그렇게 당찬 홍임이가 강무에게는 늘 다정하게 굴었다.

"너도 그랬잖아."

"내가? 뭘?"

물끄러미 홍임이 얼굴을 바라보던 강무가 갑자기 고개를 푹 수그렸다. 복사꽃처럼 뽀얀 홍임이 얼굴을 마주 보자

니 얽죽얽죽한 자신의 얼굴이 부끄럽기 짝이 없었다. 홍임이를 좋아하는 마음이 없다면야 얼굴이 곰보이든, 째보이든 상관없을 테지만 언젠가부터 홍임이를 보면 자꾸 가슴이 콩닥거렸다. 이참에 자신에게 나긋하게 구는 홍임이의 속내를 떠보고 싶었다.

"넌 내 얼굴에 난 곰보 자국을 보고도 표정을 찌푸리지 않더라……. 왜 그런 거야?"

홍임이가 빙긋 웃었다.

"너는 내가 첩의 딸이라는 말을 한 번도 하지 않았어. 게다가 길남이나 덕수, 천식이가 놀려댈 때면 언제나 앞장서서 혼내 주었잖아."

자분자분 이야기하는 홍임이의 얼굴이 발그레했다.

"내가 그랬나?"

"응, 그때마다 참 고마웠어."

그제서야 강무는 고개를 끄덕였다.

"그랬구나. 몰랐어……."

강무 얼굴도 빨갛게 달아올랐다. 가끔씩 홍임이를 향해 첩의 딸이라고 놀리는 아이들을 보면 가시돋친 밤송이로 엉덩이를 찔러주거나 발을 구르며 혼내주었다. 홍임이에게 잘 보이려고 그런 건 아니었다. 강무 역시 곰보 소리를 들을 때마다 마음이 따끔거렸으니까 홍임이도 그럴 것 같았다. 하지만 그렇게 해주었다고 해서 홍임이의 처지가 달라지는 건 아니었다. 문득, 홍임이와 자신의 처지를 생각하니 콧속이 시큰거렸다.

잠시 뒤, 관원의 목소리가 쩌렁쩌렁 울려 퍼졌다.

"경연의 결과를 발표하겠다! 우초마을 최귀돌, 영해마을 마두이……. 악공으로 뽑힌 사람은 해풍마을 장홍임……."

홍임이는 자기 이름이 불리자 환하게 웃었지만 시무룩한 강무를 보고서는 얼른 입을 앙다물었다. 혹시나 했지만 끝내 강무의 이름은 불리지 않았다.

"기운 내. 다음에 또 기회가 있을 거야."

홍임이가 위로해 주었지만 강무는 고개를 떨구었다. 터덜터덜 집으로 돌아오는 발걸음이 돌덩이를 묶어 놓은 것처럼 무겁기만 했다.

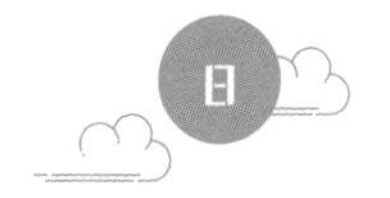

반가운 편지

강무에게 산은 어머니였고, 바다는 아버지였다. 산과 바다 그 가운데서 강무는 늘 부모님을 떠올렸다. 철마다 꽃들이 화사하게 피어나는 뒷동산은 언제 보아도 멋스러웠다. 봄에는 홍매화가 만발하더니 요즘은 빨간 꽃잎의 해당화가 은은한 향기를 퍼뜨리고 있었다. 어머니는 활짝 핀 해당화를 보면 가슴이 설렌다고 했다.

'어머니가 좋아했는데…….'

강무는 탐스러운 해당화 한 송이를 톡 꺾어 손에 들고 개울가로 향했다.

그동안 열심히 춤을 추었기 때문에 당연히 뽑힐 줄 알았다. 하지만 아니었다. 경연에 떨어지고 나니 모든 게 부질없게 느껴졌다.

"쳇! 나불거리던 귀돌이란 아이도 뽑히고, 홍임이도 뽑혔는데 나는 뭐람."

개울물에 얼굴을 비춰 보던 강무가 불쑥 손을 뻗어 헤살을 저었다. 제 얼굴을 보기 싫었다.

처음에는 숭굴숭굴한 곰보 자국이 보기 싫었지만 시간이 지나면서 익숙해졌다. 하지만 이렇게 개울물에 얽은 얼굴이 비칠 때면 또다시 원망이 올라오곤 했다.

'바보, 멍충이……. 이런 얼굴로 춤을 추겠다니.'

느릿한 걸음으로 서당에 들어서자 천식이가 호들갑을 떨었다.

"강무야, 경연에서 떨어졌다며? 왜 떨어진 거야? 너 춤 잘 춘다고 했잖아?"

눈치없이 캐 묻는 천식이 머리를 쥐어박고 싶었지만 그랬다가는 훈장님한테 된통 꾸중을 들을 게 뻔했다. 못 들은 척 책장을 펼치는데 한쪽 구석에서 꽃분이와 홍임이의 속닥거리는 소리가 들렸다.

"홍임아, 너는 악공으로 뽑혔다며?"

"응. 궁궐에 들어가면 악사한테 제대로 배우게 될 거래."

'무동에 뽑혔더라면 홍임이와 함께 궁궐에 들어갈 수 있

었을 텐데…….'

강무는 괜히 방바닥을 드륵드륵 긁어댔다. 별안간 왜 그런 환청이 들렸는지, 몸이 왜 그렇게 굳어졌는지 암만 생각해도 모를 일이었다. 때마침 들어온 훈장님이 소란한 분위기를 없애려는 듯 "흠흠" 헛기침 소리를 냈다.

"모두들 지난 시간에 배운 글자를 낭독해 보거라!"

옹기종기 모여 앉은 아이들 입에서 글자 외는 소리가 요란했다.

"한래서왕 추수동장(寒來暑往 秋收冬藏). 찰 한寒, 올 래來……."

"찬 것이 오면 더운 것이 가고, 가을에 수확하며 겨울에 저장한다. 계절이 바뀌어 여름이 가고 가을이 오면……."

훈장님의 뜻풀이가 이어지는데 강무의 머리가 연신 꾸벅거렸다.

"또 춤판을 기웃거렸느냐!"

훈장님의 호통 소리에 화들짝 놀란 강무가 자세를 고쳐 앉았다. 쏟아지는 잠을 쫓느라 눈을 질끈거리고 고개를 도리질해 보았지만 연신 하품이 나왔다. 밤새 뒤척이느라 잠을 제대로 자지 못해서인지 정신마저 몽롱했다.

“춤판을 그렇게 쫓아다니니 글이 외워지겠느냐? 사람을 이롭게 하는 것은 바로 글이란 것을 명심하거라!”

“춤도 사람을 이롭게 합니다.”

어쩌자고 그런 대답이 나왔는지 강무도 알 수 없었다. 경연에서 떨어지기는 했지만 여전히 춤이 좋았다. 춤을 출 수 있어서 좋았다. 흥겨운 장단에 맞춰 춤을 추면 몸속에서 새로운 기운이 샘솟는 것만 같았다. 그러니 글공부에는 더욱 더 마음이 가지 않았다.

“춤이 어떻게 사람을 이롭게 한단 말이냐?”

“춤은 사람의 마음을 위로해 줍니다. 그리고…….”

때아닌 논쟁이 이어졌다. 하지만 훈장님이 다시 목소리를 높였다.

“남자가 춤을 추는 것은 상스러운 일이다. 사람은 모름지기 태도가 단정해야 한다. 몸을 그렇게 함부로 움직이는 것은 경박한 일임을 명심하거라!”

순간, 강무의 눈시울이 붉어졌다.

“춤을 추면 마음이 편안해집니다. 그리고 춤을 추면 어머니를, 어머니를…….”

춤을 출 때면 부모님을 만날 수 있었다. 너울너울 손짓,

발짓을 할 때면 어머니의 부드러운 음성이 들리는 것 같았고, 웃는 모습도 떠올랐다. 아버지의 무사귀환을 바라는 간절한 마음이 커질수록 춤을 추고 싶다는 생각도 간절해졌다. 강무에게 춤은 오롯이 어머니와 아버지를 만나는 꿈과 같은 시간이었다.

'높은 벼슬을 했으면 뭐해. 산처럼 많은 책을 읽었으면 뭐해. 내 마음도 몰라주고…….'

울컥, 눈물이 솟았다. 옷소매로 눈가 주위를 꾹꾹 눌러 닦자 훈장님의 목소리가 조금 누그러들었다.

"흠, 오늘 수업은 여기까지 하자꾸나. 쿨럭……."

기침 소리가 이어졌다. 사실, 훈장님은 아침부터 오한과 몸살로 몸이 좋지 않았다. 평소 같으면 강무를 따로 앉혀 훈계했겠지만 일찍 수업을 파했다. 아이들은 훈장님이 편찮은 건 관심없고, 그저 뛰어놀 생각에 신이 나서 문 밖으로 달려 나갔다.

어느덧, 해풍마을을 둘러싼 바위산이 붉은빛으로 물들고 있었다. 우두커니 뒷동산을 바라보던 굴촌댁이 옷소매로 눈시울을 닦아냈다. 때마침 지나가던 정 선비가 그 모습을 보고 주막으로 들어섰다.

"무슨 근심이 있길래 그렇게 눈물을 흘리는 것이오?"

"휴, 아들이 살았는지 죽었는지 알 수가 있어야지요. 분명히 배를 타고 나갔는데 죽었다는 소식도 없고, 집에 돌아오지도 않으니, 그저 어디에 있든 살아 있다는 소식이라도 들으면 좋겠습니다……."

한참 동안 굴촌댁의 넋두리를 들은 정 선비는 곧장 관아에 들러 강무 아버지 박동천에 대한 기록을 물었다. 다행히 관아의 기록지에 흔적이 남아 있었다. 아버지가 없어지던 날 도화서(그림에 관한 일을 맡아보던 관아)에서 화원 한 명이 내려와 같이 배를 타고 나갔다는 것이다. 정 선비는 곧장 한양에 편지를 보내 해풍마을에 다녀간 화원의 기록을 찾아보게 했다.

며칠 뒤, 주막에 들른 정 선비가 하얀 종이를 펼쳐 보이며 말했다.

"한양에 있는 예조 좌랑에게 특별히 부탁했는데 이제야 소식을 전해 왔소."

그러면서 또박또박한 목소리로 편지를 읽기 시작했다.

지난해 도화서 화원 김순도가 지도를 그리러 해풍마을에 들렀다고 합니다. 어느 날 김순도는 그 마을에 사는 어부 한 명을 데리고 바다에 나갔다가 그만 풍랑을 만났습니다. 김순도 일행은 바다에서 표류하다가 일본의 섬에 다다르게 되었고, 그곳의 관리들에게 붙잡혀 초상화를 그려 주며 지내고 있다고 합니다. 얼마 전에 사신을 따라갔던 통역관을 통해 이 사실이 조정에 전해졌습니다. 조정에서는 곧바로 화원 김순도를 조선으로 돌려보내달라고 요구했고, 머지않아 김순도와 그 어부가 조선에 돌아오게 될 거라고 합니다. 나리께서 물으신 박동천이라는 사람이 그날 김순도와 동행했던 해풍마을의 어부라고 생각됩니다.

정 선비가 편지를 다 읽자 굴촌댁은 그만 땅바닥에 주저앉고 말았다. 그토록 기다리던 아들 소식이었다. 무엇보다 아들이 살아 있고 곧 돌아온다는 것이다!

"고맙습니다. 나리, 고맙습니다."

굴촌댁은 정 선비를 향해 연신 고개를 조아렸다.

'아버지가 살아 계신다니…….'

간절한 그리움이 바다를 건너 아버지에게 가 닿았나 싶어 강무는 가슴 한구석이 뭉클해졌다.

춤이란 게 참 이상도 하지

덕을 베풀면 인심이 따르기 마련인지 굴촌댁, 최부, 뜰네 등 자식을 맡긴 부모들은 정 선비를 각별하게 대했다. 정 선비 역시 아이들 덕분에 귀양살이의 서글픔이나 적적함을 달래고 있다며 스스로를 위안했다.

그러던 어느 날, 마당 주위를 산책하던 정 선비가 소스라치게 놀라며 멈칫거렸다.

"헉, 저게 무엇이냐?"

툇마루에 앉아 글씨 연습을 하던 강무가 냅다 뛰어가 보니 장독대 뒤에서 생쥐 두 마리가 찍찍거리고 있었다.

"이놈들!"

일부러 걸걸한 목소리를 내며 긴 작대기를 휘두르자 잿빛 생쥐들이 냉큼 달아났다.

"쥐들도 글공부 하러 왔나 봐요."

"허허, 그 말 한번 재미있구나!"

강무의 우스갯소리에 훈장님이 빙긋이 웃었다. 어찌된 일인지 지난 번 논쟁 이후 강무와 훈장님의 사이가 더욱 각별해진 것만 같았다.

"네가 농으로 나를 웃겼으니 나도 네게 농으로 하나 물어 보자꾸나. 강무야, 쥐는 공부를 해야겠느냐? 안 해도 되겠느냐?"

"안 해도 됩니다."

"왜 그렇게 생각하느냐?"

"쥐는, 그러니까 쥐는……. 쥐니까 공부 같은 건 안 해도 될 것 같아요."

"그럼, 너는?"

"저는, 그러니까 저는……. 사람이니까 공부를 해야 될 것 같아요."

"허참, 그 대답 한번 재미있구나."

가지런한 수염을 매만지던 훈장님이 담담한 눈빛으로 강무를 바라보았다.

"글공부를 한다고 해서 만물의 이치를 다 알 수야 없을 테지. 하지만 글을 익혀야 생각이 무르익고, 생각이 무르익어야 춤이 제대로 추어지지 않겠느냐? 춤 공부와 글공부가 따로 있지 않다는 것을 명심하거라. 글로써 세상 이치를 깨닫고, 춤으로 그것들을 풀어낸다면 네 춤이 정말 복된 춤이 될 터이니 각별히 마음을 쓰거라!"

훈장님의 부드러운 말투와 온화한 표정에서 진심이 묻어났다.

고개를 갸웃거리던 강무가 금방 끄덕였다. 어려운 말인 것 같았지만 다시 곱씹어 보니 무슨 뜻인지 알 것 같았다.

"네, 명심하겠습니다."

우렁우렁 울리는 강무의 목소리에 확신이 차 있었다.

서당 공부를 끝낸 학동들이 모두 집으로 돌아갔지만 강무는 혼자 남아 글씨 쓰는 연습을 더했다. 지난번 다짐한대로 춤 공부 못지 않게 글공부에도 온 정신을 집중하는 요즘이었다. 특히 요 며칠 사이 '춤출 무(舞)' 자 쓰는 재미에 빠져 있었다. 사람이 대(大)자 모양으로 서서 치장거리를 아래로 늘어뜨린 다음 왼발과 오른발을 움직이는 모양을 본떠 만든 글자라고 했다.

강무는 매일매일 춤 연습을 마치고 나면 '춤출 무(舞)'자를 썼다. 판판하게 다져진 흙바닥 위에 나뭇가지로 한 획 한 획 정성을 다해 썼다. 어쩌다 멋들어지게 글자가 써지면 그날은 기분이 정말 좋았다. 글자를 많이 알게 될수록 덩달아 춤도 더 잘 추어지는 것 같았다. 신기한 일이었다.

한 달에 한 번씩 있는 서당 시험 날, 훈장님이 근엄한 표정으로 말했다.

"지과필개知過必改, 득능막망得能莫忘!"

"허물을 알았으면 반드시 고쳐야 하고, 할 수 있게 된 다음에는 잊지 말아야 한다."

서당 아이들 모두 외운 글자를 써내느라 바쁘게 붓을 움직였다. 강무 또한 붓에 먹물을 고르게 묻힌 후 글씨를 써 내려갔다.

글씨를 쓰는 강무의 자세가 반듯했고, 붓놀림은 거침이 없었다. 그 모습을 지켜보던 훈장님의 눈이 휘둥그레졌다.

"어찌 이렇게 글씨를 잘 쓰게 된 것이냐?"

"매일 춤 연습을 하고 난 뒤 '춤출 무(舞)'자를 쓰다 보니 다른 글자들도 궁금해졌어요. 그래서 열심히 익혔습니다."

"기특하구나!"

그날 밤, 정 선비는 '강무의 얼굴에서 지혜로움을 보았다'라고 일기에 썼다. '다만 큰 칭찬을 들은 아이가 자만에 빠질까 염려되어 일기에만 써 둔다'라고 다시 덧붙였다.

얼마 뒤, 정 선비의 해배(귀양을 풀어 줌) 소식이 전해졌다. 누명을 쓰고 온 유배 길이었기 때문에 언젠가는 한양으로 돌아갈 거라는 건 알았지만 그 시기가 빨리 찾아온 것이다.

소식을 들은 마을 사람들 몇 명이 찾아왔다. 평소에 정 선비에게 이런저런 도움을 받았던 사람들이었다. 그 중에는 최부도 있었다. 판판하게 잘 마른 어포를 챙겨온 최부가 머리를 조아리며 말했다.

"나리, 축하드립니다. 한양에 가시면 저희들은 모두 잊으시겠지요?"

괜히 아쉬운 마음에 하는 소리였다.

"같이 지낸 추억이 있는데 어찌 잊겠소. 그대들을 오래오래 기억할 거라오."

"나리께 입은 은혜가 큽니다."

굴촌댁이 눈물을 글썽이자 정 선비의 얼굴에도 안타까움이 가득했다.

"그동안 고마웠소. 건강히 잘 지내시오."

이별의 아쉬움을 달래듯 하루 종일 잔치가 이어졌다.

저녁 어스름이 짙어질 때쯤, 마당으로 나온 정 선비가 강무를 불렀다.

"아직도 춤이 좋으냐?"

"네. 하지만 지난 번 경연에서 떨어지고 보니……."

강무는 무동 경연에서 낙방한 이야기를 하며 고개를 푹 숙였다. 한참 동안 강무 이야기를 듣던 훈장님이 나지막하게 말을 이었다.

"그러니까 춤 경연에 떨어져서 기운이 꺾인 게로구나."

"무동이 되고 싶어서 매일매일 연습했는걸요. 글 공부 보다 더 열심히……."

아뿔싸! 또 무동 이야기를 하다니……. 얼마 전에 춤이 좋다고 말대꾸한 일이 떠오르자 괜히 어깨가 움츠러들었다. 하지만 어쩐 일인지 훈장님의 목소리는 나긋했다.

"춤이란 게 그저 정신을 산란하게 만드는 것이라고 생각했다만 너는 이리도 춤을 추고 싶어하니. 허참, 모를 일이구나. 그토록 춤이 좋으냐?"

"……."

강무는 아무 말도 못하고 고개만 끄덕거렸다. 머릿속에서 매일 한삼 자락이 너울댄다고, 그 한삼 자락을 볼 때마다 부모님의 모습이 떠오른다는 말을 차마 할 수 없었다.

훈장님이 인자한 목소리로 다시 말을 이었다.

"나는 사내아이가 춤을 추는 일이 경박하다고 생각했다만……. 그날 밤, 네 춤을 보니 집에 두고 온 부인과 어린 아들의 모습이 절로 떠오르더구나."

얼마 전, 훈장님이 몸이 좋지 않던 날 밤에 강무가 집으로 찾아갔었다. 할머니가 쑤어준 좁쌀죽을 전하고 나오는데 쿨럭거리는 기침 소리가 발걸음을 붙잡았다. 힘든 귀양살이를 하면서도 마을 사람들에게 덕을 베풀던 훈장님이 혼자 앓아누워 있는 걸 보니 마음이 아팠다. 불현듯, 춤 동작이 생각난 강무는 휘영청 밝은 달빛 아래서 훈장님을 생각하며 온 마음을 다해 춤을 추었다.

그날 밤, 고즈넉한 마당 달빛에 비친 긴 그림자가 한참 동안 너울거렸다. 방 안에 누워 있던 훈장님은 창호지에 비친 강무의 춤사위를 오래도록 바라보았다.

그날의 기억을 더듬던 훈장님이 작은 보퉁이를 내밀었다.

"네게 주는 선물이다."

보퉁이를 풀자 백설기처럼 새하얀 무명 저고리 한 벌이 나왔다.

"마을에서 바느질 제일 잘하는 아낙에게 부탁해 지은 것이다. 춤이란 게 참 이상도 하지. 그날 밤, 달빛 아래서 춤추는 네 모습을 보니 마음이 푸근해지더구나. 덕분에 내 병이 쉽게 나았단다. 한동안 네 춤이 그리워질 것 같구나."

"고맙습니다. 훈장님……."

와락 저고리를 껴안은 강무의 얼굴이 밝게 빛났다.

'네 춤이 그리워질 것 같구나.'

훈장님의 따뜻한 말 한 마디가 마음 속에 깊이 뿌리 내리는 것만 같았다.

육손이

해풍마을에서 오랜만에 고등어 파시(바다 위에서 열리는 생선 시장)가 열렸다. 고등어를 사려는 사람들이 마을로 몰려들자 풍물패도 같이 들어왔다. 풍물패는 농번기가 한창인 봄 가을에는 농촌 마을로, 가을 겨울에는 파시가 열리는 어촌 마을을 쫓아다니며 돈을 벌었다.

공터에 도착한 강무는 맨 앞자리를 차지하고 앉았다. 풍물패의 장단 가락이라도 들어야 헛헛한 마음이 채워질 것 같았다.

"덩덕쿵 쿵덕, 덩덕쿵 쿵덕!"

흥겨운 장구 장단과 함께 풍물패의 공연이 점점 무르익었다. 말뚝이탈을 쓰거나 각시탈을 쓴 춤꾼 여러 명이 덩실덩실 춤을 추었다. 그 중에서도 말뚝이탈을 쓴 춤꾼의 춤사위가 돋보였다. 단단하고도 자유로움이 느껴지는 춤 동작이었다.

"얼쑤! 얼쑤!"

구경꾼들의 추임새가 더해지자 무대는 더욱 신명났다. 말뚝이탈을 쓴 춤꾼이 익살스럽게 고갯짓을 하자 구경꾼들이 "와하하!" 웃어댔다.

강무는 춤 공연을 보는 내내 홍임이 얼굴이 떠올랐다. 정 선비가 한양으로 떠나고 난 뒤, 홍임이도 궁궐에 들어간다는 소식이 들렸다. 홍임이가 떠나기 전날 저녁, 강무는 해안가에 외따로이 자리한 오두막을 찾아갔다.

"홍임아, 홍임아……."

작은 목소리로 연이어 부르자 사립문 뒤에서 홍임이가 얼굴을 내밀었다.

"강무구나. 어쩐 일이야?"

"내일 한양으로 떠난다며? 너 주려고 내가 만든 거야."

나뭇가지를 깎아 만든 작은 새 한 마리가 홍임이 손 안으로 쏙 들어갔다.

"예쁘다. 고마워."

상그레 미소 짓던 홍임이 얼굴이 떠오르자 코끝이 시큰

거렸다.

'홍임이가 곁에 있었다면 춤 이야기, 음악 이야기를 재미나게 할 수 있을 텐데…….'

새삼 홍임이의 다정한 모습이 그리웠다.

"챙채쟁! 챙채쟁!"

풍물패의 공연이 점점 무르익었다. 우스꽝스러운 말뚝이 탈과 사자탈을 쓴 춤꾼 여러 명이 덩실덩실 춤을 추었다.

"얼쑤! 얼쑤!"

공연이 끝난 뒤 강무는 무대 뒤로 춤꾼을 찾아갔다. 장막 뒤에는 널부러진 탈과 옷가지들이 뒤범벅이었다. 그것들을 밟지 않으려고 조심조심 걷다보니 몸이 기우뚱거렸다.

"어이쿠!"

엉덩방아를 찧으며 주저앉는데 뒤에서 새된 목소리가 들렸다.

"누군데 여기서 얼쩡거리냐?"

춤꾼 한 명이 어기적거리며 다가왔다. 옷차림을 보니 말뚝이 춤을 추던 춤꾼인 것 같았다.

"좀도둑은 아닐 테고, 여기서 뭐하고 있는 게야?"

거칠게 소리치는 춤꾼 입속으로 시커멓게 썩은 이가 잔

뜩 보였다.

"저…… 아까 추었던 춤 동작을 좀 배우고 싶어서요. 그러니까……."

강무는 입술을 옴짝거리며 주춤주춤 물러섰다. 순간, 춤꾼의 손이 보였다. 뭔가 이상했다. 하나, 둘, 셋, 넷……. 손가락이 여섯 개였다. 새끼손가락에 작은 손가락 하나가 더 붙어 있었다. 깜짝 놀라 입을 꽉 틀어막으며 뒷걸음질 치자 춤꾼이 다가왔다.

"귀신이라도 본 게냐? 뭘 그렇게 놀라서 까무칠 것 같은 표정을 짓누?"

"그러니까, 그게…… 어, 그러니까 손가락이 여섯 개?"

"그래, 난 육손이다. 세상천지 사람 모습이 모두 제각각일 터! 머리가 허옇거나, 얼굴이 넙데데하거나 키가 크거나 작거나 하듯 나는 남들보다 손가락이 하나 더 붙어 있는 육손이다. 너도 곰보 자국이 있구먼?"

"네. 그…… 그래서 무동 경연에서 떨어졌어요."

아차, 그만 가슴 한 구석에 구겨넣었던 원망이 불쑥 터져 나왔다. 강무는 입술을 꽉 다물었다.

"떽, 이 녀석! 그것 때문에 떨어졌겠느냐. 네 춤 실력이 모자란 생각은 안 하고 어찌 얼굴 얽은 핑계를 대는 게야?"

고래고래 고함을 지르던 육손이 장막을 휙 열어제치며 누군가를 불러냈다.

"어이, 병호! 이리 와봐."

그러자 봉두난발을 한 남자가 어기적거리며 다가왔다.

"왜 불렀어?"

"이 곰보 녀석한테 자네 팔 좀 보여주게! 자네 팔이 다른 사람과 어떻게 다른지 좀 보여주란 말이야."

육손이가 눈을 핼끔거리자 그 사람이 왼팔을 앞으로 쭉 내밀어 보이며 이죽거렸다.

"그래, 나는 팔 병신이다! 어쩔래? 그런데 말이다. 이 휘어진 팔로 멋진 춤을 출 수 있단 말이지. 아무도 내 춤을 따라하지 못해."

거나하게 취한 듯, 술냄새를 풍기던 그는 춤 한 자락을 가르쳐 주겠다며 양팔을 흐느적거렸다.

"어디 내 춤을 한번 따라 춰 보거라! 네가 내 춤을 흉내 낼 수 있겠느냐?"

자세히 보니 그의 왼팔은 둥근 활처럼 휘어 있었다.

"나무하러 산에 갔다가 도끼에 팔을 찧었지 뭐냐. 겨우겨

우 치료를 마치고 마지막으로 춤 한 번 추고 광대 일을 그만둬야지 했는데. 아 글쎄, 이 휘어진 팔로 추는 춤을 사람들이 더 좋아하더구나.”

그가 양팔을 옆으로 너울거리자 그 모습이 마치 나뭇가지가 바람에 흩날리는 것 같았다. 옆에 서 있던 육손이가 “얼쑤! 허! 좋다!” 하고 추임새를 넣자 그의 춤사위가 더 커졌다.

“그렇지! 아무도 우리 춤을 따라하지 못하지. 얼쑤!”

고개를 까딱거리던 육손이가 같이 팔을 너울거렸다. 그러고 보니 육손이와 그의 춤은 다른 사람들과 달랐다. 아무도 흉내낼 수 없는 춤이었다. 손가락이 여섯 개인 것도, 팔이 휘어져 있는 것도 문제될 게 없었다. 두 사람의 춤은 살아 있었다.

“얼쑤! 좋다!”

“허! 좋다!”

흥겨운 입장단을 내며 덩실덩실 춤을 추는 두 사람의 모습이 참 행복해 보였다. 여섯 개의 손가락과 휘어진 팔이 너울거리며 살아온 이야기를 들려주는 것 같았다.

‘그렇다면 나도…….’

강무는 양손을 슬쩍 허공으로 올린 다음 발사위를 사뿐하게 했다. 그러고는 한쪽 발끝을 위로 뻗어올린 채 어깨를 나울거렸다. 그 모습을 본 육손이가 쩌렁쩌렁한 목소리로 추임새를 넣었다.

"옳지! 잘한다! 허! 얼쑤!"

고개를 갸웃갸웃 움직이는 강무의 얼굴이 아침 햇살처럼 밝아졌다.

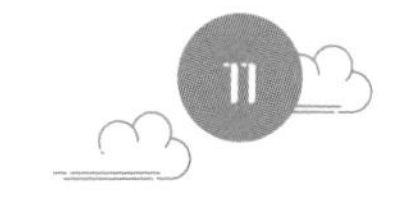

삼천갑자 동방삭

한가위를 앞둔 마을은 오랜만에 활기가 넘쳤다. 난전은 물건을 사러 나온 사람들로 북적거렸다. 하지만 또다시 역병이 번진다는 소문이 돌았다. 삼 년 전, 많은 사람의 생명을 앗아갔던 돌림병이 다시 찾아온 것이다. 조정에서는 장터에 사람들이 많이 모이지 못하게 했고, 명절 제사도 금지시켰다.

해풍마을에도 역병이 돌기 시작했다. 굴촌댁은 장독 위에 물사발을 올리고 밤마다 손자를 위해 빌었다.

"비나이다. 비나이다. 천지신명님께 비나이다. 우리 귀한 손자를 굽어살피사……."

그렇게 빌고도 불안한 마음이 들었는지 어느 날, 할머니가 강무의 손을 꼭 쥐고 말했다.

"주막은 사람들이 많이 드나드니 뜰네 집에 가서 며칠 지내거라."

나지막하게 말하는 할머니의 모습이 살가웠다.

"아버지가 제 얼굴에 있는 곰보 자국이 역병을 막아준다고 했어요."

"무슨 소리! 조심 또 조심해야 돼. 뜰네 집은 해안가에 외따로이 있으니 여기보다 나을 거야."

그러고는 무명천을 찢어서 강무의 얼굴을 꽁꽁 싸맸다.

"캑캑, 할머니! 숨 막혀요."

"이렇게 코와 입을 꽉 틀어막고 가거라. 절대로 풀어헤치면 안 된다."

할머니 손에 떠밀려 집 밖으로 나온 강무는 보퉁이를 꽉 끌어 안았다. 예전에도 이렇게 무명천으로 얼굴을 칭칭 동여맸던 적이 있었다. 그때의 기억이 떠오르자 저절로 어금니를 꽉 다물었다.

어머니의 앓는 소리가 사흘 내내 이어졌다.

"어머니, 어머니……."

하염없이 울고 있는 강무를 할머니가 우악스럽게 끌어

냈다. 그때는 어머니 곁에서 자신을 떼어놓은 할머니를 원망했다. 하지만 그랬기 때문에 목숨을 구할 수 있었다는 것을 나중에서야 알았다. 그때처럼 할머니는 또 강무를 지키기 위해 주막집에서 내보내고 있는 것이다.

텅 빈 저잣거리를 지나 해안가 근처 오두막집에 도착하자 뜰네 아주머니가 버선발로 뛰어나왔다.

"강무야, 어서 와라!"

허둥지둥 강무를 방 안에 들인 뜰네 아주머니는 곧장 찐 감자를 내왔다.

"할머니도 여기 와 계시면 좋으련만 주막 문을 닫으면 나그네들 갈 데가 없다고 저러시니. 휴우, 별 일 없어야 할 텐데……. 배고프겠다. 어서 먹어."

포슬포슬한 감자를 입 안에 욱여넣자, 무동 경연이 있던 날 볼우물이 쏙 패이게 웃던 홍임이 얼굴이 떠올랐다.

"홍임이는 어떻게 지낸대요?"

"장악원 악공이 되어 열심히 배우고 있다는구나. 보부상 박씨 편에 소식을 전해 왔어."

"가야금 실력이 더 좋아졌겠어요."

"타고난 팔자가 그래서 걱정했는데 다행이지 뭐냐. 그렇게 하고 싶어하던 악공이 되었으니 이제 실력을 키워서 뛰어난 예인이 된다면 더 바랄 것도 없지."

뜰네 아주머니의 표정이 사뭇 부드러워졌다. 첩의 딸이라고 무시를 당하던 딸이 가야금을 연주하는 악공이 되었으니 그만하면 다행이다 싶은 모양이었다. 뽐낼 수 있는 재주 한 가지를 가지고 있으면 어떤 어려움이 닥쳐도 잘 헤쳐 나갈 수 있을 거라는 안도감이 든 것이다.

이번에 찾아온 역병은 빨리 사그라들었다. 하지만 불행하게도 호호백발 굴촌댁의 생명을 앗아갔다. 역병은 공평하지 않았다. 어느 누군가에게는 얽은 곰보 자국을 남겼고, 누군가의 소중한 생명을 앗아가기도 했다. 하늘의 마음이었다. 할머니는 장례도 치르지 못하고 한줌 재로 사라졌다.

"할머니! 할머니! 엉엉엉……."

강무는 허허벌판에 혼자 서 있는 것만 같았다. 할머니와 지냈던 수많은 날들이 떠올랐다. 춤 구경 다니는 것을 못마땅해했지만 언제나 자신을 아껴 주던 할머니였다.

"엉엉엉……."

서러운 눈물이 폭포수처럼 쏟아졌다.

"아이고, 서러워라. 서러워라……."

뜰네 아주머니 역시 옷고름으로 눈물을 훔치며 연신 훌쩍였다.

이튿날, 소식을 들은 소해 선생이 찾아왔다. 소해 선생은 강무를 데리고 바다가 훤히 내려다 보이는 굴봉에 올랐다.

"할머니의 영혼을 위로해 드려야겠구나."

소해 선생의 입에서 슬픈 노랫가락이 흘러나왔다.

"아이고, 아이고. 늙은 사람은 죽지를 말고, 젊은 사람은 늙지를 마라……. 삼천갑자 동방삭(중국의 동방삭이 갑자년을 삼천 번 겪으며 18만 살이나 살았다는 데서 유래)은 삼천갑자 살았다는데, 우리네 인생은 백 년도 못 사네……."

새하얀 소해 선생의 소복이 바람을 타고 나풀거렸다. 그 곁에 선 강무는 어느새 소해 선생의 춤사위를 따라 너울너울 몸을 움직였다.

춤을 추는 동안 강무의 마음 속에 파도가 들어왔다가 다시 밀려가고 다시 안개가 내려앉았다가 걷히고를 반복했다. 강무는 그제서야 알았다. 춤이란 게 기쁨을 더 크게도 하지만 슬픔을 위로해 주기도 한다는 것을……. 그렇게 춤은 강무와 함께 자랐고, 강무 역시 춤과 함께 자랐다.

지난 번 전복 사건 이후로 길남이의 모습이 통 보이지 않았다. 역병 때문에 집안에 꼼짝없이 갇혀 있다는 둥, 최부가 한양으로 장사를 보냈다는 둥, 소문만 무성했다.

그때 최부는 자식이 욕심 가득한 상인이 될까 봐 두려워 '바늘 도둑이 소 도둑 된다'는 말을 퍼부으며 길남이를 나무랐다.

"장사꾼의 덕목은 정당한 이윤을 남기는 것이야. 훔친 물건을 팔거나 거짓말로 꾸며낸 흥정은 절대로 안 돼!"

최부는 물건을 빼돌리고 친구에게 누명을 씌운 벌로 길남이에게 금족령을 내렸다. 그러고는 집안의 허드렛일을 시키며 간간이 셈하는 법, 물건 고르는 법 등을 가르쳤다. 벌로 시작된 일이었지만 길남이는 차근차근 장사 수완을 배워 갔다. 그래서인지 흐리멍텅했던 길남이의 눈동자는 어느새 총명하게 반짝거렸다.

역병이 모두 사그라든 어느 날, 최부가 강무를 집으로 불러들였다.

"할머니가 그렇게 돼서 안타깝지만 힘내거라. 이 정도면 며칠 동안은 배불리 먹을 수 있을 것이다."

"네, 어르신. 고맙습니다."

곡식 자루를 받아든 강무가 꾸벅 고개를 숙였다. 그렇지 않아도 마을 사람들에게 여러 도움을 받고 있던 참이었다. 뜰네 아주머니는 아침마다 주막에 들러 찬거리를 챙겨 주었고, 밤에는 덕수와 천식이가 찾아와 같이 잠을 자기도 했다. 이웃 사람들이 보여주는 친절이 고마웠지만 왠지 서럽기도 했다. 할머니의 투박한 목소리가 그리웠다. 괜히 눈물이 솟구쳐 올라 옷소매로 닦아내며 나서는데 길남이가 다가와 알은체를 했다.

"뜰네 아줌마가 돌봐준다며?"

못 본 사이 길남이의 몸집이 더 불어나 있었다. 걷어올린 옷소매 사이로 두툼한 팔뚝이 불룩거렸다.

"응, 아침마다 들르셔."

"그때는 미안했다. 그냥 얼떨결에……."

"다 지난 일이야. 괜찮아. 너희 아버지도 미안하다고 하셨고."

"그 벌로 아버지가 시키는 심부름이랑 허드렛일을 왕창 하고 있다. 헤헤."

웬일인지 길남이의 목소리가 나긋나긋했다. 분명히 벌을 받고 있다고 했는데 실없이 웃어 보이기까지 했다.

"그동안 곰보라고 놀려서 미안하다……."

다정하게 구는 길남이의 모습이 몹시 어색했다.

"이제 곰보 노래 안 부를 테냐?"

"당연하지. 이제 그런 말 안 할 거다."

강무를 대신해서 보리쌀 자루를 짊어진 길남이가 배웅을 해주겠다며 같이 대문을 나섰다.

"그동안 어떻게 지냈어?"

둘은 처음으로 두런두런 이야기를 하며 걸었다. 훈장님이 한양으로 떠난 뒤 달빛서당 문도 닫았다. 천식이나 덕수처럼 집이 가까운 아이들과는 계속 만났지만 길남이와는 왕래가 없었던 터라 서로 소식을 모르고 지냈다. 길남이는 상인이 될 준비를 하고 있다고 했다. 그러고 보니 길남이의 모습이 어딘지 모르게 의젓해 보였다.

"강무야, 너 애체라는 물건 알아?"

"애체? 그게 뭔데?"

"수정을 깎아서 만든 유리알인데 눈에 걸치면 흐릿하던 글씨가 잘 보여. 청나라 상인이 가져왔더라."

"신기하네."

"응. 세상에는 별의별 물건이 많더라. 난 새로운 물건만 보면 가슴이 막 벌렁거려. 외국 상인들이…….”

길남이는 그동안 보았던 신기한 물건에 대해서 조잘조잘 떠들어댔다. 신이 난 얼굴로 말하는 길남이의 모습이 낯설었지만 어쩐지 보기 좋았다. 고개를 끄덕이던 강무가 초롱초롱한 눈빛으로 말했다.

“나는 춤 생각만 하면 가슴이 벌렁거려.”

“아, 맞아. 넌 춤이 좋다고 했지?”

“그래. 난 춤 공부가 좋고, 넌 장사 공부가 좋구나?”

“뭐? 장사 공부?”

“응. 스승님이 그랬잖아. 공부는 사람 마음을 즐겁게 한다고. 넌 장사하는 게 즐겁고, 난 춤 출 때가 즐거우니까 우리에게는 장사와 춤이 공부지.”

“하하하, 참말이네!”

함박웃음을 터뜨리는 둘의 모습이 다른 듯 닮아 있었다.

돌아온 아버지

어느덧, 낙엽이 떨어지고 서늘한 바람이 마을을 훑고 다녔다. 덕수와 함께 땔감을 해오던 강무는 오동추가 가져온 편지 한 통을 받았다. 훈장님이 보낸 편지였다. 반듯반듯한 글씨를 보니 글공부에 게으름을 피우던 자신을 다그치던 훈장님의 목소리가 들리는 것 같았다.

"네 이 녀석, 너를 살릴 글자인지 죽일 글자인지 그것도 모른단 말이냐!"

신기했다. 먹물로 쓰인 글자에서 훈장님의 모습이 생생하게 떠오르다니! 꼬부랑꼬부랑 글자를 익히느라 힘들었는데 이렇게 훈장님의 편지를 스스로 읽을 수 있게 되었다는 사실에 괜스레 어깨가 으쓱거렸다.

강무는 구깃해진 종이를 양손으로 펼쳤다. 글공부에서만

큼은 엄격했지만 할머니와 자신을 알뜰살뜰 챙겨 주었던 고마운 사람이었다. 한 글자 한 글자 되뇌이며 편지를 읽던 강무 얼굴이 일순간 밝아졌다.

"아버지가 오신대요! 아버지가 곧 돌아오실 거래요! 일본에서 배를 타고요!"

"잘됐구나. 참 잘됐어! 하하하."

호탕하게 웃던 오동추가 작은 꾸러미를 내밀었다.

"정랑 영감님이 네게 주라고 하셨다. 받거라."

"훈장님이 보내신 거라고요?"

꾸러미를 풀자 비단으로 감싼 얇은 서책이 나왔다. 여러 종류의 궁중 무용 그림이 그려진 것으로 보아 궁궐 사람들만 보는 귀한 서책 같았다. 서책을 펼치자 춤 동작을 알려 주는 그림이 자세히 그려져 있었다. 무용수의 몸짓과 얼굴 표정이 그려져 있는 그림은 보기만 해도 기분이 좋았다. 손의 위치와 발놀림의 방법까지 어찌나 자세히 그려져 있는지 꼭 눈앞에서 춤 공연이 펼쳐지는 것 같았다.

오동추가 걸쭉한 목소리로 말했다.

"다음 달에 특별 경연이 열릴 거라고 하셨다."

"저 이번 경연에는 꼭 붙을 거예요!"

서책과 편지를 품속에 품던 강무가 해죽해죽 웃어댔다.

그날 이후, 강무는 서책에 그려진 춤 동작을 보고 또 보며 춤 연습을 했다. 지난 번 육손이에게서 배운 춤사위도 잊지 않았다.

열흘 뒤, 해안가에 작은 나룻배 한 척이 들어왔다. 깡마른 남자가 배에서 내렸다. 아버지였다.

"아버지!"

"강무야! 강무야!"

강무를 와락 껴안은 아버지 얼굴에 환한 웃음이 번졌다. 하지만 반가운 마음은 잠시뿐, 그 사이 세상을 떠난 굴촌댁 소식을 들은 아버지는 가슴을 탕탕 내리치며 슬퍼했다. 그 모습을 본 뜰네가 울먹였다.

"아이고, 그놈의 역병이 강무 어머니를 데리고 가더니 할머니마저 데리고 갈 게 뭐요. 하늘도 참 무심하시지."

그러면서 강무가 그 사이 고생을 많이 했다며 눈물을 훔쳤다.

아버지와 함께 배에서 내린 화원 김순도는 곧장 한양으로 올라가겠다며 채비를 서둘렀다.

"그동안 나 때문에 고생이 많았네. 이제 아들과 함께 잘 지내게나."

"나리께서도 고생 많으셨습니다."

두 사람은 일본에서 지낸 세월을 떠올리며 눈물을 글썽였다. 풍랑으로 어쩔 수 없이 일본 섬에 다다른 것이기에 사정만 잘 말했다면 더 빨리 돌아올 수 있었을 것이다. 하지만 도화서 화원이라고 신분을 밝히는 바람에 일이 다른 방향으로 꼬여 버렸다. 조선으로 돌아갈 수 있게 해준다는 말을 믿고 일본 섬 영주들의 초상화를 그려 주다 보니 점점 돌아올 시기가 늦어진 것이다.

김순도가 작은 화첩을 건넸다.

"일본에 있을 때 틈틈이 그린 거라오. 필요할 때 팔아서 살림에 보태 쓰시오."

화첩에는 일본의 섬과 바다 풍경을 그린 그림 여러 장이 들어 있었다.

"고맙습니다. 화원 나리……."

아버지는 애써 눈물을 참느라 말을 잇지 못했다.

빨간 해가 수평선 위로 고개를 내밀더니 순식간에 마을

이 환해졌다. 강무는 마당에 서서 동이 터오는 바다를 바라보았다. 지난 밤 아버지와 밀린 이야기를 나누느라 제대로 자지 못했지만 왠지 몸이 가뿐했다. 그때 부엌에서 누군가 걸어나왔다. 아버지였다. 아버지는 부지런히 움직이며 아침 상을 준비했다.

"강무야, 아침 먹자."

상 위에 차려진 것은 보리밥에 된장국, 짠무가 전부였다. 하지만 강무는 아버지 얼굴을 눈앞에서 볼 수 있다는 것만으로도 뭉클한 감정이 들었다. 지난 번 보리쌀을 받으러 갔을 때, 아버지에게서 셈을 배우는 길남이가 어찌나 부럽던지. 천식이랑 덕수가 "아버지! 아버지!" 하고 부를 때마다 얼마나 따라 부르고 싶던지……. 아버지가 영영 돌아오지 않을까 봐 얼마나 애를 태웠는지 모른다. 하지만 아버지는 살아서 돌아왔다. 이제 친구들이 하나도 부럽지 않았다. 마음껏 아버지를 부를 수 있었다.

"아버지?"

"오냐, 강무야."

"아버지!"

"오냐, 강무야."

밤새도록 아버지를 부르다가 단잠에 빠졌다. 새벽녘에 몇 번 잠에서 깼을 때도 옆을 더듬으며 "아버지" 하고 작게 불러보았다. 그러다가 깡마른 아버지의 가슴에 귀를 살짝 갖다댄 채 쿵덕거리는 심장 소리를 듣고서야 안심했다.

"밥맛이 꿀맛이에요!"

된장국을 호로록 들이킨 강무가 배시시 웃었다.

"허허, 정말 그렇구나. 우리 아들이랑 이렇게 머리를 맞대고 먹으니 밥맛이 꿀맛이구나."

껄껄 웃던 아버지가 지난 밤에 하던 이야기를 계속했다.

"……표류하던 배에서 우리를 구해 준 그 일본인 어부가 어찌나 고맙던지. 처음 며칠 동안 그 집에 머물면서 어부를 도와 물고기를 낚았단다. 그런 다음 망가진 그물을 고쳐 주고, 물고기 낚는 도구를 만들어 주었더니 사람들 눈이 왕방울만 해지더라. 아버지 솜씨가 워낙 뛰어……."

강무는 열심히 고개를 끄덕였다. 밤새도록 들었던 이야기이지만 또 들어도 좋았다. 아버지가 살아서 돌아왔다는 사실에 마냥 신이 났다. 뭐든지 다 할 수 있을 것만 같았다. 그러다 보니 불쑥 속엣말이 삐져 나왔다.

"아버지, 저는 춤이 좋아요. 춤을 추면 마음이 환해져요.

걱정 근심도 사라지는 것 같아요."

아버지 눈이 동그래졌다.

"춤?"

"네. 무동이 돼서 멋진 춤을 출 거예요. 훈장님이 그러는데 궁중 무동이 되면 학춤도 출 수 있고, 처용무도 출 수 있대요. 처용무가 뭐냐면요. 그러니까 역병을 몰고 온 역신을 물리친……."

강무는 훈장님에게 들었던 '처용 설화'에 대해서 조잘대며 이야기했다. 머릿속에서는 벌써 궁중 무동이 되어 한삼자락을 너울거리는 모습이 떠올랐다.

"……."

아무 말없이 묵묵히 듣기만 하던 아버지가 자분자분 말했다.

"그 사이 우리 아들에게 꿈이 생겼구나. 너희 어머니도 춤을 좋아했었지. 고단한 생활을 하면서도 고운 자태를 잃지 않으려 애썼는데 그만 그 몹쓸 역병이……."

울컥 슬픔이 복받쳐 올랐는지 아버지의 어깨가 바르르 떨렸다. 그러다가 옛일을 회상하듯 눈을 지긋이 감았다.

"그러고 보니 네가 어머니를 닮았나 보다. 그렇지 않고

서야 어찌 춤에 대한 이야기를 그리 줄줄 외듯이 할 수 있겠느냐. 일본에도 남자 무동이 있더구나. 화원 나리랑 일본 성의 영주 집에 간 적이 있었는데 그곳에서 춤추는 어린 무동을 보면서 너와 할머니를 그리워했단다. 춤이란 게 참 묘하더구나……."

혼잣말을 하던 아버지가 후루룩 된장국을 들이켰다. 그러고는 힘주어 말했다.

"강무야, 이왕 무동이 되겠다고 결심했으니 네가 복된 춤을 추었으면 좋겠구나."

"네? 복된 춤을 추라고요?"

"그래, 사람들이 네가 추는 춤을 통해 위로와 즐거움을 얻게 된다면 그것만큼 복된 일이 어디 있겠느냐."

"네, 아버지! 명심하겠습니다."

대답하는 강무 표정이 환해졌다.

새하얀 한삼

며칠 뒤, 강무는 경연장을 향해 잰걸음을 걸었다. 이번에는 덕수랑 천식이가 같이 쫓아왔다.

"경연 끝난 지 얼마 안 됐는데 이번에 또 경연이 열린다고?"

"곧 궁궐에서 큰 행사가 열리는데 무동이 부족하대. 이번 특별 경연에 합격하면 바로 장악원에 들어가게 될 거라고 했어."

"강무야, 잘해라!"

땅꼬마 덕수가 주먹을 살짝 쥐어보이며 싱긋 웃었다. 강무가 궁중 무동이 되고 싶다고 했을 때 콧방귀를 뀌던 덕수였다.

"왜 그런 천한 일을 하겠다고 그래?"

"맞아. 춤 추는 일은 기생이나 광대들이 하는 거잖아."

천식이까지 나서서 반대했다. 하지만 강무는 자신의 생각을 꺾지 않았다. 춤을 추는 사람만 느낄 수 있는 그 자유로움과 평온함. 강무는 그 감정을 아무에게도 설명하고 싶지 않았다.

한달음에 달려 마을 공터에 다다랐다. 공터 한가운데에 둥그런 멍석이 깔렸고, 그 가장자리에 관원들이 빙 둘러앉아 있었다. 구경꾼들이 웅성거리자 관원 한 명이 경연의 시작을 알렸다.

"뎅!"

징소리가 울리자 더벅머리를 한 아이가 멍석 한가운데로 올라섰다.

"덩더러러, 덩더러러."

장구 소리가 울리자 아이가 천천히 몸을 움직였다. 앞으로 한 걸음, 옆으로 한 걸음 움직이며 허리를 굽혔다 일어섰다. 그러다가 다시 뒤로 사뿐히 움직이며 양팔을 허공으로 뻗어올렸다.

"얼쑤! 잘한다!"

구경꾼들은 신이 난 표정이었지만 경연을 하는 아이는

삐질삐질 땀을 흘렸다. 강무 역시 가슴이 콩닥거렸다. 지난 번처럼 '곰보 곰보, 쥐를 잡아라!' 하는 환청이 들려 몸이 움직이지 않으면 어쩌나 걱정이 되었다.

강무는 "후!" 심호흡을 하며 저고리의 옷고름을 다시 정성껏 맸다. 훈장님이 선물해 준 저고리를 입고 오기를 잘했다는 생각이 들었다. 어쩌면 이번이 무동이 될 수 있는 마지막 기회가 될지 몰랐다.

어느덧, 순서가 다가왔다. 강무는 몸을 반듯하게 한 다음 춤 신호를 기다렸다.

"덩덕쿵, 덩더러러러……."

장구의 북편(손으로 치는 왼쪽 가죽면)과 채편(채로 치는 오른쪽 얇은 가죽면)을 두드리는 소리가 잔잔하게 들렸다. 그 가락을 타고 강무는 천천히 몸을 움직였다. 불현듯 소해 선생이 했던 말이 귓가에 쟁쟁 울렸다.

"모든 춤은 하나로 이어져 있단다. 춤은 발끝으로도 추고, 손끝으로도 추는 거야. 그저 가락에 몸을 맡기고 마음을 다하면 돼."

장구 소리가 부드럽게 이어지고 있었다. 강무는 논두렁에서 보았던 두루미의 몸짓과 갈매기의 날갯짓을 떠올리며 어깨를 나울거렸다. 그러다가 바위를 만난 물결이 세차게 맴돌 듯 날렵하게 몸을 움직이다가 다시 반듯하게 섰다. 음악 소리가 달라질 때마다 춤 동작을 바꿨다. 때로는 폭포수가 떨어지는 것처럼 역동적으로, 때로는 꽃잎이 떨어지는 것처럼 부드럽게 춤사위를 이어갔다.

순간, 심사를 보는 관원들이 침을 꿀꺽 삼켰다. 강하면서 부드럽고, 빠른 것 같으면서도 고요한 춤이었다. 어린 무동의 춤사위에서 정성이 느껴졌다. 해금의 현이 "애앵, 애앵" 부드럽게 울려 퍼지자 그제서야 강무는 땅에 사뿐히 내려앉았다. 모두들 얼이 빠진 듯 강무를 바라보았다.

"흠흠, 잘 보았다!

붓으로 심사 책자에 획을 그려 넣던 관원의 눈빛이 반짝 빛났다.

한 식경 뒤, 합격자 명단에 강무의 이름이 쓰여 있었다. 펄럭거리는 이름 꼬리표를 본 강무의 입이 헤벌쭉 벌어졌다. 그동안 무동이 되고 싶어 안달복달했던 마음이 비로소 좀 누그러지는 것 같았다. 천식이가 어깨동무를 하며 코를 훌쩍였다.

"킁. 강무야, 축하해."

"고마워."

"근데 너 궁궐 들어가면 우리 이제 못 보는 거야?"

어쩐 일인지 춤 잘 추라며 응원까지 했던 덕수가 입을 비쭉거렸다.

"궁중 연회 없을 때는 고향에 가게 해 준다더라."

귀동냥으로 들었던 이야기를 해주자 그제서야 덕수 얼굴이 밝아졌다. 천식이가 옷소매로 콧잔등을 닦아내며 말했다.

"나도 궁궐 들어갈까? 홍임이도 그렇고, 강무 너까지 궁궐에 들어가니까 나도 가고 싶다. 헤헤!"

"넌 궁궐 가서 뭐 할래? 아하, 코흘리개 포졸 하면 되겠다! 큭큭."

덕수가 놀리자 천식이가 눈을 핼끔거렸다.

"땅꼬마 너, 자꾸 나더러 코흘리개라고 놀릴 거야?"

"너도 지금 나더러 땅꼬마라고 했잖아!"

경연에 합격해서인지 강무는 덕수와 천식이의 말다툼이 귀엽게만 보였다.

다음 날, 한양으로 떠나는 행렬 안에 강무가 있었다. 괴

나리 봇짐을 짊어진 사내아이들이 줄지어 길을 떠났다. 간혹 얼굴에 난 곰보 자국을 보고 흘긋거리는 아이들이 있었지만 강무는 상관하지 않았다. 궁궐에서 새롭게 시작될 생활이 기대될 뿐이었다. 하지만 초가집들이 옹기종기한 마을을 벗어나 산길에 들어서자 아버지 얼굴이 떠올랐다.

어젯밤, 궁궐에 들어가게 되었다고 하자 아버지는 새로 짠 짚신과 옷가지를 직접 챙겨 주었다. 아버지와 만난 지 한 달도 안 됐는데 이번에는 자신이 떠나게 되었으니 미안한 생각이 들었다. 하지만 아버지는 강무의 어깨를 토닥이며 힘주어 말했다.

"네가 하고 싶어하던 일이 아니냐. 그럼 당당하게 집을 떠나야지! 궁궐에 가서 네가 추고 싶었던 춤을 맘껏 추거라. 영영 이별하는 것도 아닌데 무얼 걱정하느냐."

그러고는 작은 보퉁이를 내밀었다.

"할머니가 너 주려고 만들던 거란다. 미처 바느질을 다 못한 걸 뜰네 아줌마가 마저 해서 가져왔더라."

보퉁이 안에는 새하얀 한삼이 들어 있었다.

'할머니가 직접 만든 거라니…….'

강무는 봇짐 꾸러미에 손을 넣어 한삼 자락을 만져 보았다. 가슬가슬한 느낌이 꼭 할머니의 손 같았다. 무동이 되고 싶어하는 자신을 못마땅하게 여겼는데, 이렇게 정성들여 한삼을 지어 주셨다고 생각하니 새삼 가슴이 뭉클했다.

장악원

강무 일행은 보름을 부지런히 걸어서야 한양에 도착했다. 도성에 들어선 아이들은 길 옆으로 늘어선 으리으리한 기와집을 보고는 입이 떡 벌어졌다. 임금님이 있는 궁궐 근처에 다다르자 반듯한 육조거리가 나왔다. 길게 뻗은 길 위로 관리들의 가마 행렬이 이어질 때마다 아이들은 허리를 굽혀 인사하느라 바빴다.

궁궐의 동문인 건춘문으로 들어가자 화려한 단청 무늬로 장식된 동궁전이 보였다. 주변 연못에는 화려한 색깔의 비단잉어들이 굼지럭거리고 있었다. 아이들 입에서 탄성이 새어나왔다.

"우와! 엄청 크다!"

네모반듯한 연못을 지나자 키 큰 회화나무가 있는 전각이

나왔다. 마당에 들어서자 옥 선생이 강무 일행을 맞아주었다. 옥 선생은 남자였지만 곱상한 외모와 마른 몸매를 가지고 있었다.

"이곳이 너희가 머물 장악원(궁중에서 연주되는 음악과 무용에 관한 일을 맡아보던 관청)이다. 앞으로는 여기서 춤 연습을 하게 될 것이다."

장악원은 궁궐 안에 있는 다른 건물들에 비해 규모가 큰 편이었다. 마당도 꽤 넓었는데 무동들의 춤 연습과 악공들의 연주 연습장으로 쓰인다고 했다. 옥 선생은 궁궐의 이곳저곳을 구경시키며 건물의 쓰임새를 알려주다가 어느 아담한 전각 앞에 다다르자 엄한 목소리로 말했다.

"이곳은 여령(궁중 잔치에서 춤을 추고 노래를 하던 여자)과 여악들의 숙소이니 근처에도 오면 안 된다. 알겠느냐?"

"네!"

두런두런 이야기를 나누던 아이들이 바짝 긴장한 목소리로 대답했다.

그날 저녁, 장악원에 속한 무동들이 모두 한자리에 모여 인사를 나눴다. 그때 누군가 알은체를 했다.

"너 지난번 무동 경연장에서 만났던 아이지?"

호리호리한 몸집이며 콧등에 사마귀가 있는 걸 보니 기억나는 얼굴이 있었다.

"아! 친척 어른이 천거해 주었다고 했지?"

"그래, 우초마을 최귀돌이다. 나를 기억하는구나."

귀돌이는 벌써 궁궐 생활에 잘 적응한 모습이었다. 스스럼없이 이야기를 쏟아내는 귀돌이 덕분에 강무는 궁궐 생활에 대한 기대감이 커졌다. 하지만 어쩐 일인지 귀돌이는 춤 연습은 대강대강 하는 듯했다. 맨날 잡담거리를 늘어놓거나 틈만 나면 아이들을 모아놓고 거들먹거리기도 했다.

"너희들, 스승님이 우리 당숙님인 거 알지?"

"오호, 그러냐? 어쩐지 네 춤이 남달라 보이더라."

춤 연습을 위해 팔, 다리를 쭈욱쭈욱 뻗치던 아이들이 웅성거렸다. 대나무마냥 매끈한 몸매의 판석이가 까치발을 내리며 눈을 찡긋거렸다.

"그나저나 귀돌이 네가 당숙님께 얘기 좀 해 주라. 어째서 맨날 이렇게 까치발을 하고 걸어다니라는 건지 다리 아파 죽겠다……."

"스승님 안 볼 때는 그냥 편하게 다녀라. 히히."

귀돌이가 실없이 웃자 판석이도 히죽거렸다. 그러니까

다른 무동들도 왁자하게 떠들어댔다.

궁궐에서 시간은 바쁘게 흘러갔다. 문득문득 홍임이 생각이 날 때면 한달음에 여악들의 숙소로 달려가고 싶었지만 좀처럼 기회가 오지 않았다. 성리학의 법도를 따르는 궁중에서 남녀 구별은 엄격했다. 왕비와 왕녀들의 잔치에는 여령과 여악들만 참여했고, 무동들은 왕과 왕세자들의 연희에서만 춤을 출 수 있었다. 그랬기 때문에 홍임이를 만날 수 있는 기회는 좀처럼 오지 않았다.

한번 춤 연습이 시작되면 두 식경 동안 이어졌다. 그렇게 두 번, 세 번 연습하다 보면 저녁 어스름이 훌쩍 지나곤 했다. 옥 선생이 죽비를 탁탁 내리치며 목소리를 높였다.

"우선은 발 딛는 법부터 차근차근 연습하거라. 그런 다음 팔 움직이는 법을 배울 테고, 이 두 가지가 익숙해지면 몸 움직이는 법을 배우게 될 것이다!"

춤이란 게 그저 몸을 자유롭게 움직이면 되는 줄 알았건만 춤을 추기 위해서 공부할 게 많았다.

"궁중 정재(궁중에서 연회나 의식 때 추던 춤. 동작이 고요하고 우아한 것이 특징)는 의례와 의식을 드러내는 춤이기 때문에 그 몸가짐부터 바르게 해야 한다. 알겠느냐?"

"네!"

까치발을 하고 사뿐히 걸음을 옮기는 무동들의 얼굴이 어느새 발갛게 상기돼 있었다. 그렇게 한참 동안 꼿꼿한 자세로 춤 연습을 하다 보면 팔, 다리가 저려 오곤 했다.

어느 날, 춤 연습을 끝낸 무동들이 삼삼오오 모여 앉아 궁시렁대고 있었다. 그 중 판석이의 목소리가 제일 크게 울렸다.

"아이고, 힘들어! 이럴 줄 알았으면 궁궐에 절대 안 들어오는 건데."

"맞아. 나도 이렇게 힘들지 몰랐어."

다리를 조몰락거리던 다른 무동들 역시 툴툴거렸다. 장악원 소속의 무동들은 주로 여덟 살에서 열다섯 살 사이의 남자 아이들이었다. 궁중 무동이 되기는 했지만 그저 뛰놀기 좋아하고, 장난치기 좋아하는 선머슴들이었다.

아이들은 참나무 장작같이 뻣뻣한 몸을 부드럽게 만들기 위해 온종일 샐긋샐긋 고갯짓을 하거나 사붓사붓 걷는 연습을 해야 했다. 게다가 버선코의 선을 곱게 하기 위해 버선을 부드럽게 쳐올리는 연습도 해야 했다. 매일매일 정해진 춤 동작을 되풀이 하는 건 고되고 힘든 일이었다. 아이들은 연습하는 짬짬이 옥 선생 눈을 피해 딴짓을 했다. 그중에서도 떠들기 좋아하는 건 단연 귀돌이였다.

양팔을 어깨 높이만큼 들어올리는 춤 동작을 연습하던 중이었다. 귀돌이가 판석이 귀에 대고 속닥거렸다.

"스승님 안 보신다. 우리 잠깐 팔 내리자. 히히."

"그래. 팔 아파 죽겠다."

판석이가 기다렸다는 듯이 팔을 내리자 귀돌이가 젠체하며 말했다.

"난 스승님 안 볼 때는 까치발 안 한다. 큭큭큭."

"너 들키면 어쩌려고? 까치발로 걷는 연습을 해야 다리에 힘이 생긴다고 하셨잖아."

"그래도 힘든 걸 어떡해. 지난 번에 넘어지는 바람에 발가락에 시퍼런 멍까지 들었다고."

귀돌이가 뭉툭해진 버선 앞코를 까딱거려 보이자 판석이도 괜히 발가락을 꼬무락거렸다.

"어허, 제대로 하지 못할까!"

옥 선생에게 꾸지람이 날아왔다. 그래도 귀돌이와 판석이는 틈만 나면 꾀를 부렸다.

하지만 강무는 달랐다. 옥 선생과의 춤 공부가 끝난 뒤에도 혼자 남아 춤 동작을 더 연습했다. 오롯이 춤에 집중하는 그 시간이 좋기도 했지만 무엇보다 옥 선생이 한 말 때문이었다.

"흠, 그동안 너처럼 얽은 얼굴을 한 아이가 무동이 된 적은 없었다. 하지만 네가 춤에 대한 열정이 남다르다는 이야기는 들었다. 그러니 모쪼록 열심히 하거라."

아뿔싸!

강무의 얼굴이 새하얘졌다. 그동안 장악원 생활에 적응하랴, 새로운 춤 동작을 익히랴 바쁘게 지내는 통에 얼굴에 대해서는 까맣게 잊고 지냈는데……. 맥이 탁 풀렸다. 혹시나 얽은 얼굴 때문에 궁중에서 쫓겨나게 되는 건 아닌지 덜컥 걱정이 되었다. 하지만 그와 동시에 마음 한구석에서 단단한 생각 하나가 불쑥 떠올랐다.

'곰보 자국 있는 게 뭐 어때서? 난 춤 추는 게 좋은걸. 경연에서 당당하게 뽑혀 왔잖아!'

강무는 다시 한삼 자락을 치켜 올렸다. 그리고 언제나처럼 춤을 추는 그 순간에 집중했다. 누가 뭐래도 강무는 이미 궁중 무동이었다.

장악원에서 준비하는 행사는 여러 가지가 있었다. 돌아가신 선대 왕과 왕비의 제사를 지내는 종묘 제례를 비롯해 선농제(임금이 풍년을 기원하며 지낸 제사) 같은 의례에서도 춤을 추어야 했다. 뿐만 아니라 왕실 가족의 잔치와 노인들을 위한 경로잔치, 외국 사신을 맞이하는 행사도 장악원이 맡아 했다. 진연의 총책임자 장악원 제조(장악원의 우두머리 벼슬)가 나오자 옥 선생도 긴장한 것 같았다.

강무를 아래 위로 훑어보던 제조 관리가 물었다.

"몇 살이냐?"

"열네 살이옵니다."

"흠, 이제 곧 몸이 뻣뻣해질 테니 부지런히 연습하거라!"

그러고는 무동들을 주욱 살펴보며 근엄한 표정으로 말했다.

"임금님 앞에서 추는 춤이니 더 정갈해야 한다!"

"네!"

"삘리리리 삘리리……."

청아한 향피리 소리가 이어졌다. 무동들은 궁중 무용의 품위를 지키기 위해 우아한 춤사위를 익혀 나갔다.

진연이 코앞으로 다가오자 장악원이 더 바빠졌다. 무동

들의 춤사위를 세심하게 살피던 옥 선생이 또랑또랑하게 말했다.

"오방처용무는 궁중의 연희 때 역귀를 쫓는 의식 뒤에 추던 춤으로 파랑·노랑·빨강·하양·검정의 옷을 입은 다섯 무동이 각기 처용의 탈을 쓰고 다섯 방위로 서서 추는 춤이다. 민가에서는 일 년에 단 한 번, 나례 때 추는 춤이지만 궁중 연회에서는 꼭 빠지지 않는 춤이다."

강무는 옥 선생이 알려준 춤 동작을 열심히 연습했다. 지난 번 훈장님이 보내 준 비단 서책 안에 있던 그림과 비슷한 춤 동작을 배우는 날에는 괜히 마음이 설레기까지 했다.

'훈장님은 내가 궁궐에 들어올 거라는 걸 아셨던 걸까?'

그런 생각이 더해지자 더욱 열심히 춤 연습을 하게 되었다. 오롯이 춤을 추는 그 시간에 온 정성을 다했다. 팔을 나울거리며 당실당실 춤을 출 때면 눈 앞에 새로운 세상이 펼쳐지는 것 같았다. 그 고요한 춤 세상 안에서는 어머니를 잃은 슬픔도, 할머니를 잃은 설움도 사라지는 듯했다.

오방처용무

요즘 따라 귀돌이가 강무를 대하는 것이 냉랭해졌다. 암만해도 며칠 전 일 때문인 것 같았다. 그날 저녁 강무는 옥 선생의 심부름으로 부엌에 들렀다. 찬모가 도라지 차를 끓여두었다고 해서 가지러 가는 중이었다. 잔기침이 심해지는 옥 선생을 위한 것이었다. 부엌 가까이에 다다르자 달그락거리는 소리가 들렸다. 살금살금 다가가 보니 누군가가 살강 위 바구니에서 곶감을 꺼내고 있었다.

"어? 누구지?"

그러다 그 아이랑 눈이 딱 마주쳤다. 귀돌이었다.

"나, 아무것도 못 봤어. 아니 그게 아니라, 아무한테도 말 안 할게."

당황한 강무는 지레짐작하고 얼버무렸다. 실제로 강무는

그날 귀돌이가 귀한 곶감 바구니에 손을 댔다는 이야기는 옥 선생은 물론 아무에게도 하지 않았다. 지난 날, 전복을 훔쳤다며 회초리를 맞은 일이 떠올랐기 때문이다. 물론, 자신은 누명을 쓰고 당한 일이고 귀돌이는 몰래 훔치려고 한 게 맞지만 동무를 고자질하는 것은 비겁한 행동 같았다. 그럼에도 그날 이후, 귀돌이는 강무만 보면 눈을 흘기면서 쌀쌀맞게 말했다.

"난 그냥 네가 마음에 안 들어!"

얼마 후, 옥 선생은 춤 연습을 마친 무동들을 한자리에 불러 모았다.

"며칠 뒤에 오방처용무를 출 다섯 명의 무동을 뽑을 것이다!"

옥 선생의 말이 끝나기 무섭게 평소에는 게으름을 피우던 아이들이 서로 자기가 하겠다며 나섰다.

"저희 할머니가 무녀여서 제 몸에도 춤가락이 들어 있어요!"

"저는 어렸을 때부터 풍물패인 아버지를 쫓아다니면서 각종 재주를 다 배웠습니다!"

앞 다투어 나서는 아이들 틈에서 강무는 점점 뒤로 밀려

났다. 암만 생각해도 자신이 없었다. 춤을 좋아하는 순서를 뽑자면 당연히 자신이 일 등일 테지만 막상 춤 실력을 뽐내는 자리에는 주저주저했다. 아이들이 왁자하게 재잘대자 옥 선생이 죽비를 탁탁 내리쳤다.

"모두 열심히 연습하거라! 조상이 누구든 아버지가 누구든 상관없다. 게으름 피우지 않고 열심히 노력하는 사람에게 기회가 갈 것이다."

"네!"

옥 선생이 돌아간 뒤 여기저기서 수군거리는 소리가 들렸다.

"귀돌이는 당연히 추게 되겠지?"

"맞아. 스승님이 귀돌이의 당숙님이라고 했잖아."

"귀돌이는 좋겠다!"

아이들이 일제히 부러운 듯 쳐다보자 귀돌이가 어깨를 우쭐댔다.

"이번에 처용무를 추게 되는 무동에게는 면포를 넉넉히 줄 거랬어! 내가 당숙님께 잘 말씀드려 줄게. 오늘 내 버선 빨아 줄 사람!"

판석이가 잽싸게 손을 들었다.

"그거 내가 빨게. 귀돌이 넌 푹 쉬어라."

"그래, 여기 있다."

귀돌이는 꼬질꼬질한 버선을 내던지고는 벌러덩 누워 뒹굴거렸다.

강무 역시 귀돌이가 처용무를 추게 될 거라고 생각했다. 타고난 재주가 있어서인지 춤 연습을 대강하는 것 같아도 귀돌이의 춤 실력은 개중 나았다. 옥 선생이 당연히 친척뻘인 귀돌이에게 기회를 줄 게 뻔했다.

휘영청 밝은 보름달을 올려다보던 강무의 눈시울이 붉어졌다. 궁중 무동이 되면 마음껏 춤을 추게 될 줄 알았다. 어머니 모습을 떠올리며 원 없이 춤을 출 수 있을 거라 생각했는데 그게 아니었다. 무동은 장악원에 속해 있었지만 춤 공연이 없을 때는 부르는 곳으로 달려가 허드렛일을 해야 했다. 자질구레한 잡일을 하는 것이나 똑같은 춤 동작을 되풀이 하는 건 참을 수 있었지만 귀돌이 편에 선 아이들의 은근한 따돌림은 견디기 어려웠다. 짝을 맞춰 연습해야 하는 동작에서는 아무도 강무와 같이 짝을 지으려 하지 않았고 마지못해 짝이 된다고 해도 일부러 어수룩하게 춰서 야

단맞기 일쑤였다.

무동들이 춤 연습을 끝내고 쉬고 있을 때 옥 선생이 강무를 불렀다.

"요즘 네가 춤 자랑을 하고 다닌다고 하더구나?"

"네? 그게 무슨 말씀이세요?"

"너는 내가 일러 주는 대로 안 하고 네 멋대로 춤을 춘다던데?"

그제야 강무는 지난밤에 있었던 일이 떠올랐다. 남아서 춤 연습을 하느라 깜깜한 밤이 되어서야 방에 들어갔는데 아이들이 둘러앉아 노닥이고 있었다. 그 한가운데 앉은 귀돌이가 어깨를 우쭐거리며 훈계를 늘어놓았다.

"걸음은 자로 잰 듯이 반듯하게 걸어야 해!"

"응!"

"한삼 자락은 절도 있게 탁탁! 높이 쳐들어야 춤사위가 웅장해 보이는 거야. 알겠지?"

"응!"

아이들이 순진한 얼굴로 고개를 끄덕끄덕 흔들었다. 하지만 강무의 생각은 달랐다. 불현듯, 소해 선생이 해 준 말이 떠오르자 자기도 모르게 툭 한소리를 내뱉었다.

"자로 잰 듯이 그렇게 반듯하게 걷고 절도 있게 움직이는 게 꼭 좋은 건 아니야."

"그게 무슨 말이야?"

"남이 하는 겉모습을 흉내 내지 말고 자기 마음이 이끄는 대로 움직이면 그게 춤가락이 된댔어."

"너 우리 스승님 가르침을 무시하는 거냐?"

"그게 아니라……. 귀돌이 네가 말한 게 스승님께서 알려주신 거랑 다른 것 같아서……."

칼칼한 목소리가 입 안에서 힘없이 잦아들었다. 그동안 춤 연습할 때마다 마음에 품고 있던 생각을 이야기한 것이지 스승님의 말을 허투루 여기려고 한 것은 아니었다. 하지만 그 말을 곧이듣지 않은 귀돌이가 눈을 핼끔거리며 달려들었다.

"네 까짓 게 춤에 대해서 뭘 안다고 나불거리는 거야?"

앙칼지게 쏘아붙이던 귀돌이가 전날 있었던 일을 일러바친 모양이었다.

옥 선생의 표정이 사뭇 날카로웠다.

"궁중 무용은 의례와 의식을 드러내는 춤이다. 시중 광대들이나 추는 그런 허튼춤이 아니란 말이다!"

“잘못했습니다. 저는 그저 귀동냥으로 들었던 이야기를 했을 뿐 결코 스승님의 가르침을 허투루 여긴 게 아닙니다…….”

양손을 바짝 모은 채 얼버무리는 강무 얼굴이 발갛게 달아올랐다. 혹여라도 처용무를 못 추게 되는 건 아닌지, 진연 때 춤 공연 대신 허드렛일이나 하게 되지는 않을까 노심초사 걱정이 되었다. 그런 강무를 빤히 쳐다보던 옥 선생이 넌지시 말을 건넸다.

“너에게 춤이란 무엇이냐?”

갑작스러운 물음이었다. 한참 동안 곰곰이 생각하던 강무가 천천히 입을 열었다.

“춤에는 제 생각과 제 마음이 온전히 담겨 있습니다. 춤은 곧 제 생각이고 제 마음입니다.”

진심을 다해 말하는 강무의 눈빛이 반짝 빛났다.

“그렇지! 모든 춤은 하나로 이어지기도 하지.”

어쩐 일인지 옥 선생의 까칠했던 목소리가 조금 누그러들었다.

“강무야. 네가 늘 진심을 다해 춤을 춘다는 것은 알고 있었다. 잘 추는 것도 중요하지만 자기 생각을 온전히 드러내는 춤이야말로 진짜 춤이지! 무동이 된 지는 얼마 안 됐지만 너라면 충분히 처용무를 출 수 있겠구나."

"아! 고맙습니다."

감격에 찬 듯 넙죽 허리를 숙이는 강무 뒤에서 아이들이 수군거렸다. 그러다가 누군가 붉으락푸르락한 얼굴로 대들었다. 바로 귀돌이었다.

"스승님, 저 녀석은 들어온 지 얼마 되지도 않았어요! 게다가 저 녀석 얼굴을 좀 보세요. 곰보 자국이 덕지덕지 하잖아요!"

순간, 주변에 있던 궁녀들의 얼굴 표정이 싸늘해졌다. 자기들끼리 귓속말을 소곤댔다.

알고 보니 궁궐에 마마 자국이 있는 왕자님이 있다고 했다. 그 때문에 궁궐 내에서는 어느 누구도 곰보라는 단어를 입에 올리지 않는데 그 금기를 깨고 귀돌이가 이렇게 큰소리로 말하자 모두들 안절부절 어쩔 줄 몰라 했다.

"어허, 당돌하구나!"

그동안 친척 아이라고 오냐오냐해 주었지만 임금님 앞에 서는 큰 공연이었다. 자기 재주를 믿고 으스대는 귀돌이를 중심에 둘 수는 없었다. 게다가 궁녀들이 보는 앞에서 곰보 자국 이야기를 함부로 지껄이다니!

"어찌 내가 결정한 일에 토를 다는 것이냐!"

주위를 둘러보던 옥 선생이 계속 말을 이었다.

"그동안 너희들이 춤 연습하는 것을 하루도 빠지지 않고 기록해 두었다."

옥 선생이 들고 있던 종이를 휘리릭 펼쳐 보였다. 그동안 무동들이 연습했던 춤 동작과 연습 시간 등을 꼼꼼히 적어 둔 일지였다. 무동들의 이름 밑에 그어진 표식을 보여 주자 몇몇 아이들의 고개가 푹 수그러졌다. 일지를 확인한 귀돌이가 두 손을 공손히 모은 채 뒤로 주춤주춤 물러섰다. 한눈에 보아도 강무 이름 아래에 그어진 표식이 다른 아이들의 곱절은 넘었다.

"무쇠도 갈면 바늘이 된다 하였다. 노력을 멈추지 않으면 어떤 어려운 일도 이룰 수 있는 법, 춤 연습을 게을리하지 말라고 여러 번 강조했건만 모두들 최선을 다하지는 않더구나."

평소와 다르게 근엄한 표정으로 말하는 옥 선생의 모습에 아이들의 어깨가 움찔거렸다. 특히나 춤동작을 제대로 연습하지 않고 게으름 피우던 몇몇 아이들은 찔끔 눈물이 날 지경이었다.

"흠, 너희도 보았다시피 강무의 노력이 단연 뛰어났다. 춤은 마음과 연결되어 있는 법! 온 마음을 다해 정성껏 춤 연습에 공을 들인 강무에게 기회를 줄 것이니 강무가 오방처용무의 중심을 맡을 것이다. 강무와 더불어 오방처용무를 추게 될 사람은 최귀돌, 천판석……."

옥 선생이 네 명의 무동을 더 부르고는 처용탈을 건네주었다.

"이번 진연은 임금님께서 도성 안의 백성들까지 불러서 무병장수를 기원토록 한다고 하셨으니 각별히 마음을 다하거라!"

"네! 스승님."

힘주어 대답하는 무동들의 표정이 사뭇 진지했다.

'드디어! 내가 처용무를 추게 되었구나!'

강무의 얼굴이 일순간 환해졌다. 하지만 그 모습을 보던 귀돌이가 미간을 일그러뜨렸다. 몇몇 아이들도 가자미눈으로 강무를 흘겨보며 수군거렸다. 자신들보다 늦게 무동이 된 강무가 면포를 넉넉하게 받을 수 있는 처용무를 추게 된다는 사실에 못내 못마땅한 표정이었다. 그때였다. 어수선

하게 움직이는 아이들을 향해 옥 선생이 물었다.

"그나저나 며칠 전 부엌에 들어가서 곶감 바구니를 뒤진 사람이 누구냐?"

아이들이 쭈뼛거리며 서로 눈치를 살폈다. 특히 귀돌이는 붉어진 얼굴을 아래로 푹 수그렸다. 옥 선생이 그 모습을 놓치지 않았다.

"귀돌이 너는 어째 얼어붙은 고드름마냥 그러고 있느냐? 혹시 네 짓이냐?"

"아, 아닙니다."

"스승님. 귀돌이가 그런 게 아니에요. 제가 그날 스승님 도라지 차 찾느라 뒤적이다가 그만 곶감 바구니까지 뒤적였어요. 하지만 곶감에 손을 대지는 않았습니다."

강무가 귀돌이 앞을 막고 서서 제법 그럴싸하게 둘러대자 옥 선생의 표정이 부드러워졌다.

"그렇다면 다행이다. 찬모가 말하길 곶감이든 감자든 부엌에 있는 식재료는 일일이 셈 해둔다고 하니 혹여라도 몰래 손댈 생각일랑은 하지 말거라. 춤추는 사람은 정직해야 하느니라. 마음이 반듯해야 춤도 반듯하게 추어지는 법! 알겠느냐?"

"네!"

아이들의 대답 소리가 짜랑짜랑 울려 퍼졌다.

옥 선생이 총총거리며 사라지자 귀돌이가 슬금슬금 다가왔다.

"왜…… 안 일렀어?"

"너를 믿었으니까."

"그날 너한테 들키고 나서 곶감을 다시 제자리에 넣어두었어. 바구니 가득 채워져 있길래 몇 개 없어져도 모를 줄 알았는데…… 쳇, 찬모들이 곶감을 셈해 둘지는 몰랐네. 아무튼 네 덕분에 도둑놈 소리는 안 듣게 되었구나."

어쩐 일인지 강무를 대하는 귀돌이의 행동이 나긋했다.

경회루 물길을 타고

진연을 위한 총연습 날이었다. 장악원 마당에 무동과 여령들이 줄지어 섰다. 박을 잡은 악사와 해금, 대금, 가야금, 거문고 등 악기를 든 악공들의 모습도 보였다. 남악들은 붉은색 옷을 입고 여악들은 노란 저고리에 빨간 치마를 입었는데 그 안에 홍임이가 있었다.

'아, 홍임이다!'

한눈에 홍임이를 알아본 강무는 가슴이 콩닥거렸다. 가야금을 껴안고 서 있는 홍임의 모습이 제법 어른스러워보였다. 강무는 손짓을 보내며 자신의 존재를 알리려고 용을 썼다. 그 간절함이 홍임이와 눈을 마주치게 만들었다. 강무를 발견한 홍임의 두 눈이 포도알처럼 동그래졌다. 그러다가 두 뺨에 볼우물을 만들며 싱긋 미소를 지었다.

악공들이 자리를 잡고 앉을 때였다. 어수선한 틈을 타서 홍임이가 속닥거리며 말을 걸어왔다.

"강무야! 네가 어떻게 여기 있어?"

홍임이의 가늘어진 눈매가 초승달처럼 보였다.

"나 지난 달 특별 무동 경연 때 뽑혔어."

그토록 보고 싶어 했던 홍임이와 만났지만 강무의 대답은 무뚝뚝하기만 했다. 주변에 있는 다른 무동들과 악공들의 눈치가 보였던 것이다. 남녀가 유별한데 둘이서 다정하게 있는 게 들통이라도 난다면 홍임이에게 해가 갈지도 몰랐다. 하지만 홍임이는 아랑곳하지 않고 연신 방글대며 물었다.

"잘됐다! 그것 봐, 내가 또 기회가 있을 거라고 했지?"

홍임이는 궁궐 생활에 잘 적응한 모습이었다. 강무는 춤을 좋아해서 무동이 되었고 홍임이는 타고난 재주를 갈고닦아 악공이 되었다. 이유야 어찌되었든 고향 땅을 떠나온 타지에서 고향 친구를 만나자 더할 나위 없이 반갑고 또 반가웠다.

"다른 동무들도 잘 지내지?"

"응. 모두 잘 지내. 아, 길남이는 아버지랑 일본에 장사하러 간댔어."

"길남이는 진짜 상인이 되려나 보다."

고운 모습의 홍임을 바라보던 강무는 문득, 곰보 자국을 손으로 어루만졌다. 우툴두툴한 성긴 자국이 만져지자 저절로 고개가 수그러졌다. 하지만 이내 "세상천지 사람 모습이 모두 제각각이지 않느냐!" 하고 당당하게 말하던 육손이의 모습이 떠올랐다.

'그래, 난 역병을 이겨낸 아이야. 곰보 자국 있는 게 뭐 어때서.'

멈칫거리던 강무 얼굴에서 옅은 미소가 번졌다.

진연이 열리는 날 아침, 화려한 용 문양이 새겨져 있는 경회루 누각에 오색찬연한 휘장이 바람에 나부꼈다. 누각 가장자리에는 종이로 만든 화려한 꽃장식이 풍성하게 꽂혀 있었고 붉은 칠을 한 높은 상 위에는 떡과 과자, 과일, 탕, 고기적, 생선 등 산해진미가 가득했다. 뿐만 아니라 상 아래에는 진연을 축하하기 위해 전국 팔도에서 보내온 진귀한 물건들이 수북이 쌓여 있었다.

"둥두둥 둥기당둥……."

삼현육각의 연주가 은은하게 울려 퍼졌다.

금빛 옥좌에 임금님과 왕후가 앉았고 그 옆으로 관리들이 줄을 맞춰 자리 했다. 경회루 마당에서 목을 빼고 기다리는 일반 백성들의 얼굴에도 기대감이 가득했다.

"둥기덩 덩덕 당기덕 덩덩……."

장중한 음악이 울려 퍼지자 궁중 정재가 펼쳐졌다. 큰 북을 가운데에 두고 춤을 추는 무고가 먼저 선보였고 그 뒤로 검무와 승무가 이어졌다. 날렵한 춤사위의 검무, 붉은 가사를 걸치고 기다란 소매를 허공에 흩뿌리며 추는 승무는 진연의 분위기를 한창 무르익게 만들었다. 처용무는 연희의 꽃이라고 할 정도로 아주 중요한 의식무였기 때문에 맨 마지막 순서였다.

몇 차례 궁중무가 더 이어지고 드디어 오방처용무 순서가 다가왔다. 옥 선생은 오방색 무의을 차려입은 무동들에게 다시 한번 더 일렀다.

"처용무는 신라시대부터 귀하게 추어 온 춤이다. 무병장수를 기원하며 장엄하고 씩씩하게 추어야 한다!"

"네!"

강무와 귀돌이를 비롯해서 다섯 명의 무동들이 무대 한

가운데로 들어섰다. 황색 무의를 입은 강무가 중앙에 서자 청색 무의를 입은 귀돌이가 동쪽에 섰다. 그러자 백색, 흑색, 홍색 무의를 입은 무동들도 각각 서쪽, 북쪽, 남쪽을 향해 섰다.

"둥~기당 당~기당 둥 둥……."

장중한 음악에 맞춰 무동들이 제자리에서 빙그르르 한 바퀴 돌았다. 그런 다음 하늘을 향해 양손을 위로 올렸다가 뿌리듯 내렸다. 발놀림과 손놀림이 달라질 때마다 무동들의 춤사위가 달라졌다. 나란히 선 무동들은 사뿐사뿐 걷다가 힘 있게 한삼 자락을 휘날리기도 하고 부드럽게 몸의 방향을 바꿔가며 춤을 추었다. 오방색 무의를 입은 무동들의 춤은 화려하면서도 씩씩했고 부드러우면서도 품격이 느껴졌다.

"당~ 당~ 다당~ 둥……."

음악이 바뀌자 강무는 양손을 위로 올렸다가 뿌리듯 내렸다. 어머니를 그리며 할머니를 그리며 웅장한 춤사위를 이어갔다. 발걸음을 사뿐사뿐 내딛으며 처용의 마음에 빙의해 역신의 마음을 달랬다. 그리고 온갖 어려운 고통을 겪고 있는 사람들의 복을 빌었다. 그렇게 강무는 처용이 되어

온 마음을 다해 춤을 추었다.

그런 강무의 모습을 그윽하게 쳐다보는 선비가 있었다. 해풍마을에서 귀양살이를 했던 정 선비였다.

축하연이 시작되기 전, 강무는 경회루 옆 전각에서 옷을 갈아입고 있었다. 비단의 매끄러운 감촉을 느끼며 무의를 걸치는데 옥 선생이 손짓으로 강무를 불렀다.

"참판 영감님께서 부르신다."

허둥지둥 밖으로 나가 보니 푸른색 관복 차림을 한 선비가 빙그레 미소 짓고 있었다.

"훈장님!"

강무는 옷고름이 풀어지는 줄도 모르고 선비를 향해 달음질했다. 아버지를 일본에서 돌아오게 해 주었던 사람, 글을 깨우쳐 단단한 마음을 가지도록 해 준 고마운 사람! 훈장님이 너털웃음을 웃고 있었다.

"강무야, 네가 진짜 궁중 무동이 되었구나!"

"네, 훈장님! 제가 처용무를 추게 되었어요!"

"기특하구나! 허허. 나도 네 춤을 보면서 복을 얻어가야겠구나!"

순간, 강무의 가슴 한구석이 몽글해졌다. 한 번도 생각해 보지 못했던 일이었다. 그동안 자신이 춤 추는 것은 그저 어머니에 대한 그리움을 풀어내는 일이라고 생각했다. 하지만 이제야 비로소 아버지가 복된 춤을 추라고 했던 그 말의 참뜻을 알 것 같았다.

'그래! 춤을 추는 건 나를 기쁘게 만들기도 하고 다른 사람들에게 위안을 주는 일이기도 하잖아. 이제 나만을 위해서가 아닌, 다른 사람을 위해서 춤을 춰야겠어. 내 춤으로 다른 사람들이 위로를 받을 수 있다면 더 기쁠 거야!'

덕지한 곰보 자국이 있는 강무 뺨에 밝은 햇살 한줄기가 내려앉았다.

"둥기덩~ 둥기~ 덩덩."

장엄한 아쟁 소리와 은은한 해금 소리가 어우러져 진연의 분위기를 후끈 달구었다. 흐뭇한 표정으로 처용무를 감상하던 임금님이 중앙에서 춤을 추고 있는 무동을 가리키며 물었다.

"황색 무의를 입은 무동의 몸놀림이 예사롭지 않구나!"

그러자 임금님 옆에서 흐뭇한 미소를 짓고 있던 정 선비

가 대답했다.

"강무라는 무동입니다. 제가 유배지에 있을 때 알던 아이인데 그저 춤추는 일이 행복하다 하였지요."

"복되구나, 참으로 복되구나! 무병장수 복을 바라며 추는 춤이라더니 그 말이 참말인가 보다. 내 심신이 모두 편안해지는구나!"

임금님 얼굴에 함빡 미소가 지어졌다.

"삐리~리~ 둥~ 기덩."

가늘면서도 단단하게 뻗어나오는 피리 소리와 장구 소리가 처용무의 춤사위를 더욱 돋보이게 만들었다.

"당기당~ 당~ 당."

아쟁 소리가 길게 이어지자 강무의 춤사위도 웅장해졌다. 허공을 가르며 새하얀 한삼 자락이 새가 된 듯 호르르 호르르 날아오르다가 아래로 떨어지다가 다시 하늘로 올라갔다. 오색찬연한 휘장이 바람에 나부끼고, 경회루 연못 위로 한삼 자락이 너울거렸다.

"둥기당~ 둥둥~ 둥기당……."

음악 소리가 경회루 물길을 타고 유유히 흘렀다. 수양버들이 나부끼는 그곳에 처용이 되어 춤을 추는 강무가 있었다.

"춤은 사람을 이롭게 합니다!"

눈을 부릅뜨고 스승님과 논쟁을 벌였던 책 속의 강무를 생각해 봅니다. 역병으로 어머니를 잃은 주인공 강무는 '처용무'를 추고자 하는 자신의 욕망을 꿋꿋하게 지켜나갑니다. 그리고 마침내 사람들의 마음을 위로하고 복을 선사하는 '처용무'를 추는 궁중 무동이 됩니다.

유네스코 인류무형문화유산에 등재되어 있는 '처용무'는 고려 500년과 조선 500년을 이어져 온 우리나라의 전통무입니다. 궁중 연례에서 악귀를 몰아내고 평온을 기원하거나 선달그믐날 악귀를 쫓는 의식인 나례에서 복을 구하며 춘 춤이지요. 특히 연산군(1476~1506)은 '처용무'에 능통해서 수시로 '처용무'를 추었다는 기록이 나옵니다.

> '왕이 기꺼이 처용의를 입고서 처용무를 추며, 또한 스스로 노래하기도 하였다.'
>
> _《연산군일기》57권 중

조선 궁중에서 나이 어린 무동이 필요했던 것은 왕실 의례 때문이었습니다. 유교 사상을 받들던 조선 조정은 여성 예술인이 의례에 참여하는 것에 부정적이었습니다. 따라서 여성을 대신해서 춤과 노래를 담당할 수 있는 존재가 필요했고, 그에 가장 적합한 것이 남자아이였지요. 사춘기 이전의 어린 남자 무동들은 훈련을 거쳐 궁중 의례나 외국 사신연에서 춤추는 일을 담당했습니다.

조선시대는 신분 사회였습니다. 태어날 때부터 이미 사회적 역할이 정해져 있었기에 자신의 개성을 마음껏 표현하기에는 한계가 있었지요. 이런 시대에 '춤'을 추고 싶다는 욕망이 생긴 평민 소년은 어떻게 그 꿈에 다다를 수 있을까요? 타고난 운명 때문에 어쩔 수 없이 무동이 되는 경우도 있지만 강무처럼 내면에 생겨난 자신의 욕망을 좇아 스스로 춤추는 일을 해냈던 사람이 있지 않을까 하는 저의 상상은 궁중 무동이 되기 위해 부단히 노력하는 강무와 만날 수 있었습니다.

강무뿐만 아니라 길남이와 홍임이 역시 자신들이 원하는 일이 있었습니다. 길남이는 상인이 되기를 꿈꿨고 홍임이는 악공이 되고자 했습니다. 길남이와 홍임이는 자신의 마음을 즐겁게 하는 그 일을 공부로 받아들였습니다. 강무 또한 마찬가지였습니다. "글을 익혀야 생각이 무르익고 생각이 무르익어야 춤이 제대로 추어지지 않겠느냐? 글로써 세상 이치를 깨닫고, 춤으로 그것들을 풀어낸다면 네 춤이 정말 복된 춤이 될 것이다!"라는 훈장님의 조언을 가슴 깊이 새기며 춤추는 일을 즐거운 공부로 삼았지요.

하지만 부단한 노력에도 불구하고 강무는 무동 경연에서 떨어집니다. 역병을 앓고 난 뒤 생긴 곰보 자국에 대한 열등감과 상처로 인해 스스로 위축되었지요. 하지만 강무는 광대 육손이, 소해 선생 등을 만나면서 내면의 힘을 키

워갑니다. 그 과정을 통해서 강무는 자신만의 자유로운 춤을 출 수 있게 되었습니다. 좋은 춤이란 남의 겉모습을 흉내 내고 꾸며내는 것이 아니라 단단하고 반듯한 마음에서 저절로 '드러난다'는 것을 깨닫게 되지요.

강무에게 춤은 그리운 어머니의 모습을 온전히 떠올릴 수 있는 시간이었습니다. 그리움을 춤으로 승화시킨 강무의 몸짓은 많은 사람에게 기쁨과 위로를 전하는 '복춤'이 되었습니다. '오랫동안 꿈을 그리는 사람은 마침내 그 꿈을 닮아간다'는 말처럼 엄마를 잃은 슬픔과 역병의 상처를 견뎌낸 강무는 마침내 그 꿈에 다다르게 되었습니다.

이 책을 읽게 되는 독자들 역시 자신이 바라는 꿈, 자신이 이루고 싶은 것들에 대해서 생각해 보게 되길 바랍니다. 그리고 꿈을 향해 걷는 그 길 위에서 행복을 느끼게 되길 바랍니다. 강무처럼 말이지요.

강무의 복춤이 독자들에게 좋은 기운으로 전해지길 바라며

임화선

봄마중 청소년숲

소년이, 춤춘다

초판 1쇄 발행 2024. 7. 25.

지은이 임화선
발행인 이상용 이성훈
발행처 봄마중
출판등록 제2022-000024호
주소 경기도 파주시 회동길 363-15
대표전화 031-955-6031
팩스 031-955-6036
전자우편 bom-majung@naver.com

ISBN 979-11-92595-48-1 43810

봄마중은 청아출판사의 청소년·아동 브랜드입니다.
* 본 책은 춘천문화재단 전문예술지원사업에 선정된 작품입니다.